比爱更疼
比爱更暖

宁子 著

南海出版公司
2005·海口

 我微笑着用手指在空气中画下他的名字，想起他说的最后一句话："比爱更疼，比爱更暖"，想起他忽然地这样唤我："猫。"

目 录

contents

引子　我的女子

阳历的新年，在暧昧的寒冷中慢慢结束，我带着简单的行李离开这个城市。

我将回家。过一个有雪的年。到永远。

不再回来。

飞机一直向上升腾，朝着西北的方向。

我看了一眼窗外的蓝天。阳光很好，那种明晃晃的亮丽，预示着冬天即将结束。看不到下端。我知道它正在穿过这个我生活了整整一年的，没有什么明显特征的城市。

可是一年的时间，总有些东西留下了记忆。它的声音；它的语言；那些散布于各个小巷的、带着地方特色的美味小吃；出租车的色彩。还有我最初来到这里，因为寂寞而习惯午夜时流连于网络时，在虚幻而自由的网络中，陪我度过失眠之夜的人。

他们使用各种各样的名字，我们陌生而熟悉，彼此安慰。

一切使得我和这个城市，飞快地相互靠近。

虽然最终不能真正融合。

还有，还有那些在街中匆匆走过的漂亮女孩儿，她们微笑的或者冷漠的面容。

她们是这个城市最时尚的色彩和特征。

她们是这个城市的精灵。

也曾有过邂逅，有过某个瞬间的感动和温暖。然后在邂逅的街头，挥手告别。

谁都没有回头。

不知道对方的名字。

我愿意相信，这一切，一切与这个城市有关的记忆，都是生动的、美好的。

却无须怀念。

直到快要离开的时候，我碰到了她。

我怀疑，她的出现是这个城市对我的惩罚。它不动声色的，以她的出现惩罚我的薄情，它给予我三百六十五天的温暖，我却不肯留下任何的怀念。

城市不许我这样彻底地忘记。

因此，她从网络中走出来。一个压根儿不熟悉网络，不迷恋网络的女子，偏偏在某一个午后忽然走进网络，然后从网络中走出。一直走到我的面前。

是的，一个女子。

我始终这样叫她，因为她已不是女孩儿，可是她还不是女人。

我只能这样界定她的身份。

她和这个城市所展示的很多直白的东西不太一样。最初，她为一个问题和我在聊天室争执。她很固执，充满敏慧。

唯一的一次。

那以后她再没有出现过，留下来的，是一个电子信箱。

我们用宋体字对话的时候，我问过她的名字。她不说，后来她也一直都不说。可是她竟然不知道，我是故意的。她的电子信箱——朋友帮她申请的那个信箱，是以真实名字注册的。

我早已知道。

她是真的不熟悉网络的，电脑对她的用途，只是写字。那些字罗列成她生命的全部内容。她也一直不知道，很多网站，转载了她的小说。

我很容易就找到了。找到以后，看了看。

看过后心里不是太舒服。有一点疼。

发誓不再看了，可是不能自已。

感觉类似于吸毒。

伤感和凄美弥漫在她的文字中，并不奢华。事实上有很多语言是直白的，简单的。可是总在简单的背后，觉得心被重重碰了一下。

我怀疑她文字中的女子，那些不美丽，却很生动，那些一边爱一边疼，在流泪的时候喜欢大声唱歌的女子，是她自己。

忽然想见一见她。

我是个非常爱惜自己身体的人，按照常规，应该从她的文字开始，戒掉并远离她。

我没有做到。

那时候秋天还没有过去，可是已经知道并确定要走了。

于是在有了一些信件的来往之后，留下了电话。

然后一直有所期待。

她却一直没有打，一直一直地。

直到秋天彻底过去。

我想也许我们不会见面了。想了想，这样也好，一切终究是未知的。谁知道呢，她是不是一杯毒药。

却在那个没有什么预感的黄昏，桌子上沉静了好长时间的手机响了起来。显示屏上显示的，是一个陌生的号码。

忽然觉得是她。

就这样在某一天某一个华灯初上的十字路口，我见到了她。

我的女子。

女人，我一直喜欢两种：美女和才女。

她是后者，又有异于后者。她不是纯粹的哪一类人，她无从归属。她是她自己——女子。

女子不漂亮，可是看到她的时候，心忽然折服了。

她有着并不美丽却足够清澈的面容，在她看着我微笑的时候，我看到了她眼睛里的疼。那种疼折射了她的身体，和她的心。

忽然想把她所有的疼痛握在手心里，抚摩一遍，一点点抚平。

那一刻我相信了，她的文字中描述的那个女子，是她自己。

那天我们一起吃饭，她一直在笑。我知道她笑容的背后掩藏着什么。

她拿过杯子为我倒水的时候，我看到了她的左手手腕上，一条漂亮的银色手链。链子在她手腕上滑动，我看到了那些遍布于她左手手腕的伤痕。

非常浅。在灯光下，却清晰。

我的心动了动，充满酸涩。

一切就这样在冬天进行到中途的时候，开始发生。

我不知道该怎样描述她，在她以一种我无法想象和解释的姿态，走到我身边之后。

我不知道她究竟是个怎样的女子。她年轻而沧桑，热烈而淡漠。她的身体纤小单薄，却充满最原始的诱惑。

她的身体在自己的文字中透出来，单薄而放纵、纯洁而无耻。

我怀疑她的前生，是一只走丢了的猫。在她的眼睛里，找不到方向的专一。那天起，我叫她猫。

我想改变她。其实我从来没有过想要改变一个人的愿望，我知道那根本不可能。

我却说服不了自己，在这个冬天最后的日子，用很多我并不熟练的方式，试图改变她。我像一个固执的母亲，想要一个孩子在如此短的时间里，学会生活。

那种真实的，存在于衣食住行中的琐碎生活。

我害怕有一天，她会死于失眠和营养不良。

我不得不这样做，时间已经来不及。

我亦不能继续为了她，延长在这个城市的停留期。

一切不可人为，一切皆是定数。在最后的日子相遇，然后分离。

昨天，她在电话里告诉我："我会做草菇青菜了。真的!"

我笑了笑。我愿意我的心以此感到安慰。

这些天，我一直在向她要一个承诺，我要她答应我，答应我今生在用心生活的前提下，努力让自己快乐。

对我的索取，她一直微笑、沉默。

我愿意相信她的沉默是一种无言的许诺。

我知道我在骗自己。

在我和她有过的，最深最深的接触中，那种难以想象的身体的纠葛中，她始终没有告诉我，她是不是爱我。

我相信很多女孩子或者女人，是为了爱，才付出自己的身体。女人是因爱而性的。可她是个女子。我不知道她为了什么，为了什么付出和索取。

不停不停地要。

我害怕她说爱，又不甘她说不爱。

第一次发现自己，是一个充满矛盾的男人。

可是一个已经三十五岁的，有了十年婚姻的男人，我能怎样对待这样一个女子呢？

我怎么做，会不是错呢？

最后我只得离开。

其实倒是她问过我，她说："你爱我吗？"

她只是问，不是用心的。我想。

我想这样说："比爱更疼。"

我不知道还能够怎样回答，她不是我内心里习惯去爱的女人，可是给予她的，却无可替代，爱也不能。还有一句话我没有说，这种感觉，亦是：比爱更暖。

不说了也罢，我想，聪明如她，会懂得。

她笑了，笑着说："我喜欢这样。"

她还问过我："你是个好人吗？"

我想了想，在感情上，我不算是。我有深爱我的妻子，一个善良、美丽、真诚的女人。作为妻子，她无可挑剔。我还有过性情相投的情人，在生命的某一段时光里，我们彼此相爱。然后告别，不作任何纠葛。她们都是美丽的女人，曾经在我身心孤单的夜晚，给过我最温柔的安慰。还有那些不曾见面的，在网络或电话中，同我相互吸引和眷恋的女友，可能我们一生都无法相见，可是在心灵中，我们一度非常靠近过。

我伤害过别人，也被别人伤害过。可是，我有一颗并不坚强的心。

所以，我说："我算是个好人吧。"

她笑了："我喜欢好人，本质上的好人。"

她说："你真的不用担心我，我是个有很多颗心的女子，也很容易忘记。不过，我也是个好人，所以我们才会相遇。"

然后她仰起头来，看向天空。

她是吗？她真的有很多颗心？真的很容易忘记？如果她

是，为什么这一刻，飞机穿越城市上空的一刻，我忽然感觉到，有一双眼睛在注视着它。然后隔着越来越遥远的空间，听到一个模糊的声音说着再见。

我相信这一切不是我的错觉。

飞机继续升腾着，朝着西北的方向飞翔而去。

我不会再回来了，可是这个城市，我该用怎样的力量，才能真正忘记？

走的时候，我带走了她写的这个故事。她说："只是一个故事，我们都不要当真。"

"好的，不要当真。"

我同意了。

我有同意和不同意的权利。

我是沈家明，这个故事的主人公。

第一章

在一片凌乱中，我看到墙壁上的电话号码

1

十一月二十五日。星期二。多云。

黄昏，我坐在一片凌乱中，犹如空间的废墟。缓缓地仰起头，看到墙壁上用铅笔写下的号码，看了片刻，拿过手机拨了沈家明的电话。

几乎是无意识的，这样一个举动。在拨着那些号码的时候，我并没有太想明白，对方，是一个我从未见过的人。虽然在网上，我和他认识已久。从秋天到冬天，来来往往地，也有几十封的邮件了，但在现实中，我们其实还陌生。

完全的陌生。

那个黄昏我的心情糟透了，烦，加上疲惫。因为第二天的搬离。

待在外面的年月里，几乎有了一种"搬家恐惧症"。大学毕业后第一年，好像平均三个月搬一次住处，后来因为工作的稳定，那种移动渐渐延缓。可搬家的感觉，让我想起来，始终都有疲惫感。恨不能有个地方，可以一劳永逸。

也或者因为不再年轻，所以害怕任何形式的动荡。二十岁的时候，以为单枪匹马可以走遍天涯的。现在，想都不再去想。

什么能抗拒得过时间呢?

2

这套两居室的房子，我一年半以前搬过来。当时真的是喜欢。在城市不算喧哗的位置，周围有草坪和广场。房子简单地装修过了，褐色的门，纯白的墙壁，卧室里绛红色的地毯。朝南的阳台，窗明几净。看房子的时候是春天的午后，那样美好的阳光齐刷刷地透进来，一下子就俘获了我的心。没有丝毫犹豫，一次性付足了两年房租。

房东是个长相正直的中年男人，有整齐的黑发，穿深色西装，不苟言笑。当时他严肃向我承诺，五年之内，不会将房子卖掉。

还记得那天舒展的呼吸，因为知道至少五年，我不用再为搬家烦恼。对于一个生活能力不是太好的人，这也是一种幸福的安慰。

并不想五年中，我会碰上一个想碰的人，有一个家。二十七岁的时候，年少时想象过的东西忽然开始变得遥远。世事和情感的多变浮华看在眼底，开始质疑很多东西。而我，天生在情感中，似乎也比别人多了份敏感。也莫名其妙地，经历了很多人不曾经历的事情。

不知道一切是不是和性格本身有关。

对生活而言，一个过于敏感又天生颓废的女子，注定了生活不会太快乐明朗。一切又被放置于这个无根的年代。有时候觉得生命在随波逐流，不知道未来。

好在有时懂得表面的调节，大多的时间里，不去追究。比如为了一套心仪的房子，便告诉自己这是幸福。而沈家明后来说，正是因为如此，他才知道我的孤单。

房子的幸福，却只享受了一年半，那个看起来非常值得信任的房东，违背了当初的承诺，私下里将房子高价卖出后，才作出一脸无辜状找到我，很大度地退了我半年房租，给我一周的时间搬出去。

一点脾气都没有，当时只拿了他的一张收条，没有什么合同可以让我义正词严地向他讨个说法，拿着退回的房租，暗下里恨不能摔到他的脸上去。

当然什么也没有做，甚至什么都没有说，只是微笑着看着他走出门去，然后坐在地毯上，发了半个小时的呆。

有很长一段时间，我不知所措，在茫然在悲哀在痛苦的时候也会微笑。

房东走后，我四处看了看，觉得沮丧透了。这一年半的时间，居安不思危，竟然不知道什么时候，零零散散地，把五十多个平方米的房子，几乎填满了。单单书、杂志和 CD，已占据了很大的空间。还有那些没有什么用途，心血来潮时买下的玻璃器皿、软性玩具、装饰品……突然之间全部成为了行走的负担。

三年前，一箱子衣服一箱子书，是我全部的行囊。终归是简单，而憎恨搬家只是因为憎恨习惯的骤然改变。刚刚习惯了一个地方，熟悉了那里的街道、商场，知道了在哪家银行交电话费，哪里可以买到新鲜蔬菜，并和卖水果的小贩也渐渐熟悉起来，不需要再辛苦地讨价还价……一切又要重来了，即使两手空空毫无负担，也是厌烦的，何况此时，附加了如此之多的物质负累。

灰心了整个晚上。

3

第二天开始回报社请假出去找房子，跟着中介的员工在城市的寒风中奔波。奔波了三天后，勉强看下一套离原来住处并不太远的，刚刚登记到中介的居所。三天的行走中，才知道冬天真的来了，走在那种没有阳光的小巷，寒冷瞬间就可以将身体穿透。寒冷中，一次次将衣服领子竖了又竖。有一天的一刹那，因为冷，竟恨不能立刻找个有房子的人嫁了。一颗心，忽然变得脆弱不堪……

如此这般，家还未搬，伤感已经到了极限。

再用了整个下午将屋子里所有属于自己的物品装箱，一次次狠下心，扔掉一些可要可不要的东西。也懒得再归总，丢弃的，统统扔在地毯上。我恨那个言而无信的房东，所以成心如此，不给他留彻底的清净。而新的房子在五楼，我想象得出没有电梯抱着那些东西上楼的艰辛。很多物品是不能交给搬家公司处理的，他们不会像我那样精心，会破坏了它们。比如那些漂亮的玻璃酒杯和陶瓷花瓶，它们已经成为我生命中无法丢弃的附属品。

有些辛苦，实在是自己找的。

终于收拾利落，人也跌坐在地毯上，听着自己的呼吸，似乎上气不接下气。常年不运动的身体，已经承受不了简单的劳累。

平缓了片刻，感觉到外面城市冬天的黄昏已慢慢逼近。面前的白色墙壁上，很多顺手记下的电话或者某些人的名字，都已经淡淡地没有了痕迹，最清晰的几个数字，我念出声来，$135 \times \times \times \times \times 800$。

那串被我写在墙壁上的，陌生的号码。在黯淡的窗棂透过的余晖中，散发着一种奇怪的光泽。是那种铅笔粉的光泽，黯淡，却清晰。

房子的感觉，因为凌乱的物品，的确犹如一片废墟，除了床是完整的。我喜欢的桃红色撒了白色小碎花的卧具，依然有一种温暖的诱惑。我要在这间屋子里，度过最后一晚。留最温暖的一处，给自己。

我不是不喜欢它，可是我没有办法。这让我心酸。

手机在地毯的半米之外。

看，什么是能够躲过去的呢？所有要来的一切——离开。离开前的最后一晚，那个电话。沈家明的出现。和这个最后的，与爱有关的冬天。像他说的，一切都是如此有条不紊，按照它自己的规则发生了。并不是我们想象的。

我同意他的这种说法，成年以后，我喜欢把一切人为不能解释的事情，推给天意。

我这样说是因为我与他真实邂逅的几率其实很小，这个冬天已经来了很长时间了，剩下的日子并不是太多，一如他要在这个城市停留时间的短暂。这是他留在这里的最后冬天，两个月后，他将离开，回到他一直生活的北京，永远不再回来。

永远。

只是两个月而已，很容易就过去了。偏偏，没有成行，没有遗漏过去。

不知道到底什么是不甘的。

当时我并不知道，我只是没有什么预感的，在一种疲惫和倦怠的心情中，拨了沈家明的电话。同时，我想了想他的名字，我知道这是一个男人的名字。

一个我陌生的男人。曾经在网络中，我和他有过一场关于美女的争执。

4

其实我一直不太熟悉网络。我是说，网络中人和人的交往交流的方式。本能地，我有些排斥它。毕业后换了几份工作，面对的都是电脑，二十四小时在线。目前做的，本市晚报副刊编辑，更要每天八小时面对电脑。而回到住处，晚上用喜欢的文字打发时间。电脑已经成为我不喜欢，却相依为命的伴侣。

我们彼此无法抛弃。

最初，同一个写字间的女孩儿宝心，竭力怂恿我没有事儿的时候找个人聊天。其实没有事儿是次要的，重要的是没有人可以爱的时候，可以试着从网上拉下一个来，兴许会有份好的姻缘也说不定。

这样的念头，我不置可否。是真的不喜欢，虽然不太接触，也可以想象网络中，到处充斥着虚幻。几乎所有人，喜欢和选择网络，只是因为它的虚拟性。他们在网络间逃避现实、逃避自己、逃避真实的情感。

我不喜欢做游戏，宁肯敬而远之。

宝心是个简单快乐的女孩子，负责排版，好像有个男朋友。有时候下班，看到那个略略年轻的男人，骑一辆黑色的自行车，在报社门前等她。工作闲暇的时间，宝心每天都在本市的一个聊天大厅晃荡着，即使人不在，也把名字挂在聊天室里泡分。

我知道她只是贪玩，喜欢泡足了分数，然后发图片、发动画。她不过二十二岁，刚刚大学毕业。二十二岁的女孩子在我眼中，是年少的。我已经走过的那种年少。

那天不知道宝心在同谁聊天，键盘劈里啪啦敲得飞快，一副眉飞色舞的神情。

实在一时无事可做，我探过身去看她玩儿。

那个聊天的大厅，远远比我想象的喧闹，滚动的屏幕上各种名称和字体让我眼花缭乱。我盯着某个位置的时候，看到屏幕上飞快刷过一行字，草绿色的字体，显示一个叫"本市无美女"的人，进了聊天室。

那天我是真的不知道心里哪个地方忽然失调了，那五个原本再平常不过的字，忽然让我气愤起来，莫名其妙地就气愤了。

5

很小的时候，因为父母的纵容和偏爱，我一直固执地以为自己是个漂亮的孩子。直到后来，我清楚了自己的样子，充其量，也只是五官端正，眉清目秀。十六岁后没有再长高，面容亦无太多改变。但绝对不是美女。

两年前有一些文字陆续刊出的时候，一家杂志这样评介：李家宁，报社编辑，业余写手，擅长都市小说。气质美女。

谁都看得出最后四个字，是那种退而求其次的赞美。如果一个女人不美丽，可以说她有气质，或者聪明，可爱亦可行。我不是不满足。

但这不影响我的骄傲，不影响我对自己的爱和呵护。我喜欢小女贼漫画家钱海燕的一句话："书中自有颜如玉。"这句话的意思是，女人把时间花费在装扮上，不如多看书。

我同意。所以成长的那些年，其他的女孩子忙着追赶都市流行色彩的时候，我在图书馆里追逐流行书刊。最后大家都成长起来，按照自己的意愿。美丽的容颜和衣着是她们青春的旗帜，而属于我的，只是一双聪慧的眼睛和敏锐丰富的思维。

当然，也有副作用，像我教了很多年书的老妈说的：一个女人读过的书，和她生活本身的幸福是成反比的。女子无才不是德，但绝对会让一个女人更容易满足和快乐。

我知道妈的这些话是针对我的。在我长大以后，这个把我带到世界上的女人，看透了我内心里那些不明朗的角落：不经意知道得太多，不经意地失望，也不经意地孤单。

不过并不完全是读书的事，我知道很多东西，来自天然。是我一出生就存在的。

但青春真的不会太久远，总有一天，有些东西会凋零枯萎。

而我，对那种枯萎无所畏惧。没有拥有过的，就无所谓失去。即使我不快乐。

当然，除了思维，作为一个女子，我有对美好事物的分辨力，我知道短短的略卷而凌乱的头发，简单的休闲外套，牛仔裤，白色，红色，或者墨绿，都能够展现一种属于我的，独特的生动。

不是不在乎的。虽然我真的，不是那种纯粹的美女。

也因此，对那句"本市无美女"的话，我本不该有太强烈的反应。

所以我想除了无所事事，那天，想必心情不是太佳。

那段时间心情一直不是太佳，因为一个叫"翅膀"的男人。

第二章

长着翅膀的男人

1

　翅膀姓童，叫童欣然。很多人不知道他的名字，身边熟悉的人，都叫他翅膀。

　　翅膀是个不怎么英俊的男人，但有我喜欢的棕色皮肤和一双性感的眼睛。我喜欢翅膀看着一个人时，很自然地将他原本不太大的眼睛眯起来，一时间，充满模糊的暧昧。

　　后来我开始憎恨他的那种眼光，因为他如此这般地，看很多女人。

　　我也喜欢他的名字，无论童欣然，还是翅膀。

　　翅膀在报社所在的新华路的最南端开了一家酒吧，酒吧的名字很普通，在很多城市也常见，叫"挪威森林"。很小的空间，不足五十平方米吧，整个一面朝南的墙壁，摆满了我喜欢的那些书。非常全面，包括宗教之类的图书。

　　所有书都有阅读过的痕迹，不是空白的摆设。那些痕迹在翅膀这样一个男人的心里。它们带给他的，和带给我的不同。也有些感觉是殊途同归，让我们在某些时候，不能循着正途生活，行径常常离经叛道。

　　酒吧里没有灯光和电器，只有蜡烛。不知道他从何处订购的那种无烟的蓝色蜡烛。燃烧时，有一种清淡的香。每张褐色的原木桌上，都摆着古典精致的铜色烛台。

翅膀常常坐在吧台后面抽烟，用暧昧的眼神环顾他的酒吧。照顾生意的，是一个干净白皙的小男生。

2

我不是因为常常光顾翅膀的酒吧才喜欢上他的。事实上，翅膀是我的作者。

翅膀是一个不甘于长久停留于一处的人，大多时光里都漂流在外。他的漂流，选择了最简单也最原始最陈旧的方式——步行。

也许这个男人天生是一只鸟，喜欢飞翔。脚是他的翅膀。

翅膀十七岁的时候，就有过被同龄人津津乐道，而让父母亲无比恐惧的创举。在高三最紧要的时间里，他选了一个阳光灿烂的日子逃出了校园，骑着他父亲那辆半新的永久牌老式自行车，带着很少的钱，径直去了连内地的鸟都飞不去的西藏。往返，用了整整七个月的时间。为了找他，家里人都快疯了，最后他们几乎绝望了，以为他不会再回来。

可是七个月后，翅膀却回来了。他看起来好好的，只是自行车更旧了。他回来时，当初和他坐在同一个教室里的孩子们，一多半进入了高等学府，另一半，也各奔前程，为未来打拼。翅膀最后拥有的，只是一头长过了肩膀的长发，和一身棕色的肌肤。

那头略卷的黑色长发，和那身健康的棕色皮肤，从翅膀十七岁开始，就没有离开过他。

翅膀也从此有了翅膀这个称号。

这是一个会飞的男人。

从此翅膀热爱上行走，以那种常人眼中近乎病态的方式。

甚至在徒步旅行家余纯顺死在罗布泊之后，他的热爱依然没有丝毫减弱。我想象得出，没有什么能够影响到他。因为他认定那是他自己的事情，和这个世界上其他人与事无关。这些年，仅仅是西藏，他用行走的方式，沿着不同的路线，就去了整整七次。还留在一个贫瘠的地区教了一年的书。

行走也真的始终是他一个人的事情，不张扬、不喧闹、不接受任何采访。

我知道他只是热爱，犹如某些时候，我热爱凌乱的文字。我能够了解那是一种从身体的最深处，几乎比心更深的位置散发出的热爱。

我们自己也拿它没有办法。

3

因为行走，翅膀的面容充满了沧桑。那种被风霜侵蚀的沧桑，不同于所有都市里的男人。

而真正吸引我的，既不是翅膀热爱行走的行为，也不是他被风霜雕刻的沧桑的面容，而是他行走中带回的图片和文字。

那是一种简单的、直白的，一个非职业文字创作者凭借真实的感觉和经历写下的东西。朴素、干净、真实，却直击人的内心深处。

某一年夏天，晚报开了翅膀的行走专栏。我近乎崇拜地迷恋上了他笔下那些没有被修饰和雕琢过的故事。那些清晨或者黄昏，他在路边信手拈来的心情，它们带着露珠或者田野的气息。清新，也有一点荒芜。嗅一嗅，让长久生活于钢筋水泥构筑起的都市中的人，感觉到世界纯粹的魅力。

那种魅力覆盖了我。

很长时间，我为翅膀的文字和那些黑白图片，还有图片中老人或者孩子的笑容打动。我像珍爱珠宝一样小心地处理它们，在我负责的版面上，一个字都舍不得更改或丢掉。有段时间，我总会盯着作者那两个小小的字：翅膀。

慢慢发呆。

心里却一点点荡漾起来，像风吹过的水面。

4

开始在翅膀行走的日子想念，然后在他归来的日子，坐在微弱而亮白的烛光下，一会儿看书，一会儿看他。

"挪威森林"，是翅膀疲倦之后的栖息地，他停下来，在烛光跳跃的小屋里抽烟，沉默或者微笑。也和朋友喝酒，用很大的杯子，然后他重新上路。

他是长着翅膀的鸟，他的名字叫做鹰，他开始成为我的英雄。

我是翅膀的编辑，认识他，用了最直接的方式。

去年的秋天，翅膀也许是累了，停留的时间显得格外长。直到秋天过去，依旧没有动身的打算。我坐在旁边最习惯的角落，看似不动声色地，已经筹划了一场爱情。

后来，每个人都知道了我喜欢翅膀。

说爱也没有关系。我没有掩饰什么，送他一直习惯抽的浓烈的骆驼香烟，还有真正的瑞士军刀，结实的经过特殊处理的牛仔布背包和运动鞋，ZIPPO 打火机……希望打动他。

是的，我爱上了这个男人，我从小就爱着那些与众不同的事物，这可以满足我对生活的愿望。

对感情的愿望。

我的视线和感觉中，翅膀是不同的。

内心里，我一直拒绝平庸拒绝随波逐流。

因此也受过一些别人不曾受过的伤害。

很多是因感情而起的，有时候也会想起来，但不后悔，因为知道即使重新来过，一切还是会如此。这是天性。比如年少时，有段时间我喜欢过混迹于社会底层的一个不良少年，差点误入歧途。大学时，对那个教授经济学的头发已经花白的清瘦男人，我有过很长时间痛苦的迷恋。两年前我邂逅了一个已婚男人，直至被他的妻子找上门来，才被迫着搬了家换了工作。而从事情的发生到最后，那个早早晚晚叫着我"宝贝"的男人，始终都没有出现。

他出现的时候，事情已经过去，我自己收拾了残局。

还有另外一些，都已不愿记忆。可以记忆，或者是因为伤不够深。

有些伤用了一些方式留下来。我不想看，也不想说，更不想别的人看。

因为那些事情，我已经变得有些小心翼翼，防备着可能的伤害。可是感情的事，始终是防不胜防的。而且，我喜欢爱情。那种喜欢似乎带着一种病态的迷恋。我喜欢无眠的夜晚有爱情陪我守候，我喜欢寒冷的冬天有爱情为我取暖。

那种单纯的，没有任何介质和走向的爱情。我很小的时候就喜欢。

有天晚上，我看安妮宝贝写的一句话：我不相信爱情，可是却离不开它。于我而言，爱情是这样一种物质，它可以抵抗我空洞的生命。它是唯一的，唯一的毒药，我却习惯了饮鸩止渴。

这样的话，让我有一种震撼的，生命某种真相被揭示的恐慌。回过头来看走过的路，我开始怀疑我是不是也是这样的。我开始怀疑，怀疑那些午夜时，看看身边睡熟的男人的面孔，然后独自站起来走到阳台上吸烟的女子，是不是都是这样的。

不再相信爱情，却以此安慰生命的空洞。

可是那些用来安慰生命空洞的爱情，却都不够温暖。

而那时候，我是不肯认可空洞的，我有自己的职业，有文字，有特立独行的内心世界。我以为那一切足以丰富一个人的生活。直到后来沈家明告诉我，正是那一切，让我远离了生活的本质和最简单的快乐。是它们让我空洞，真正的内心的空洞，让我离幸福越来越远。

只是那时候，我真的不知道，也不去想。爱就爱了，伤就伤了，重复在心里，渐渐地，伤和记忆都模糊不清了。我曾经想过或者我是个薄情的女子。好像某一年的秋天，感觉过去所有一切都化为虚无，在我的世界里，只有一个人存在。

他叫翅膀。

5

那时翅膀并没有拒绝我对他种种的好，他不是一个很冷酷的男人。事实上他一点也不冷酷，他只是有些不一样。

后来在一个所有人都离去，而我坚持留下的夜晚，于满屋的烛火中，翅膀拥我入怀。

有了一场男欢女爱。

我由此迷恋上翅膀棕色的身体，迷恋上他的身体所散发出的荒凉气息。

竟然是荒凉的，没有欲望中的灼热和奔腾，却异样地让我沦陷。

那晚"挪威森林"的烛光始终没有熄灭。

没有床，没有可以放置身体的任何物品。但是也没有抵挡一切的发生。翅膀的身体，因为长久的行走略显生硬，也或者，因为他的身边很久没有过女人，因此事情的进展掺杂了某种真实的疼痛。他用呼吸和手臂一直将我逼到屋子角落的墙壁。

天有些冷了，那种寒冷在他的手指间格外清晰。

没有等待和渴望燃烧的温暖，他打开的身体有比手指更苍凉的寒意。我在他身体的温度中，感觉到被动的寒冷。

没有说什么，那些缠绵或者温柔的话和字眼。没有辨别和解释，没有询问。他褪落我的衣服时，因为冷我抖了一下。他在我轻微的颤动中，靠近我的身体。

有些生涩，是身体本身的抗拒。

没有快感。一切开始的时候，我才发觉自己竟然无力放纵。他的身体，始终是一种过于冰冷的温度。他是有力的，我却有种悲哀的清醒。我觉得这样的欢爱，只是为了承担，承担他所有行走的遥远路途中，积聚的寂寞、孤单、荒凉和隐忍。

无论他热爱什么，他也有着最平常的男人的身体。即使他的身体，充满奇异的荒凉。

始终没有真正的快感，没有那种我想象的沸腾。可是那真的不重要，我固执地以为翅膀带给我的战栗，是来自内心的，是身体的放纵无法抵达的。

我在那一刻以为并相信那是真正的快感。也许身体始终是平和的，心却经历着一次又一次的升腾。我忽视了，那种心的升腾，是不是我的一厢情愿。

直到不久后的夜晚，沈家明的身体，将我自以为是的感觉击打得灰飞烟灭。我才知道，单纯内心的快感，原来同样脆弱不堪。

那天晚上翅膀终于松懈下来时，弯身捡起散落在地上的他的棉布外套，裹住了我潮湿而寒冷的身体。

那一刻，我知道他是爱着我的。至少在那一刻。

也只在那一刻。

6

翅膀不愿意被爱情羁绊。爱情于他，一如"挪威森林"，可以停下来小憩，但绝不是最后的归所。翅膀的人生和情感，在未知的某条路上，行走着。这不是我能够把握的。若我坚持要爱，只能如此，像这间棕色的小屋一样，在某一个季节的某些天里，等他回来。然后沉默着，静静地看他离去，没有任何怨言。

也或者，根本无从等到他的回来。

翅膀生活中，并不只我一个女子。

感情始终不是他要坚持和追逐的。也许一个人一生，只能追逐一件事情。他选择了行走。他要我选择随意。当发生过的一切，如一场放过的电影。我们不经意，扮演了其中的角色，在某些短暂的瞬间，也荡气回肠，抑或香艳旖旎。但落幕后，彼此有自己的人生。

我做不到。

我的心做不到。

一不小心就爱了，等到明白了处境，整个人陷入了莫名的，没有预感的悲哀。

心一收一收地疼了好长时间不肯平静。

我偶尔是个非常想要爱情的人，但不会轻易地投入，可是每次投入，就会不被自己控制地走到彻底。而我想要的亦不是结局，只是爱情——我不是很相信却想要拥有的爱情。婚姻对于我，始终有距离感。我不知道两个人，要怎样的耐力才可以从陌生到相守一辈子。

终究是两个人，有两颗意愿不可能完全相同的心。我想象过柴米油盐，想像过平平淡淡。只是想像。始终不想要。也或者开始是有爱的，但所有人的婚姻都显示着这样一个事实：它会把爱磨损得面目全非，惨不忍睹。

我要的只是爱情，纯粹的、带一点痛感的爱情。以抵挡什么，安慰什么。

翅膀不肯给我。他的生命中没有给这样两个字留下余地。他也没有办法。

翅膀说："我总是要走的。一直走到最后。你是个不一样的女子，你为此充满魅力，也将为此，受到伤害。你也没有办法。"

我无话可说。翅膀没有错，我也没有。我们甚至可以深入地了解对方，只是无力改变。他是我异性中的同类，却是不可能的爱。事情本身发生了偏差。我知道，但已经于事无补。内心的事情说不明白，亦无法把握。收放无法自如。

只能站在风里隐约地疼着。

7

这个冬天，看着翅膀朝着遥远的方向再一次启程，我想起那首叫做《风向北吹》的歌："风向北吹，你走得好干脆……爱情被一刀剪碎，我的心一片灰……"

灰，是这个冬天充斥我眼睛的感觉。

当然，翅膀还会回来。但我相信了，走，是他最后的结局。爱情在路上，路在他的心里。

除了灰，还有满心的不甘、想念、无奈、隐约的疼痛。我不知道他再回来时，坐在角落里看他的，是我，还是别的女子。

他回来之前如果能够将他忘记，我情愿忘记。可是我能吗？他会带回来新的故事给我，那些文字会继续将我的心激荡。因为不甘，所以我并不想逃避。我也相信这样的话：有些伤害，只要你肯逃，一定能逃得掉，哪怕是硬逃。

我偏不。

我在翅膀离开的日子，在很多不肯入眠的夜晚写下了很多文字，它们充斥着某种无奈的伤痛，是我情感的见证。渐渐地竟然醉心于这种想象的疼痛。

醉心，却真的并不快乐。

如此的心情加上无事可做，我一下子被那天沈家明的网上的名字激怒了。

纵然不是美女，但物伤其类，真是恨男人的嚣张跋扈，竟然到了不加掩饰的地步。我靠过去一把推开宝心："借你的网名一用，我收拾他一下。"

"谁?"

宝心没有防备，茫然地看着我。

我不回答她，占据在她的位置，飞快用键盘把"本市无美女"点击了过来。

我不喜欢上网，但操作键盘和打字的速度已非同一般。

第三章

一个穿了藏蓝色风衣的男人，已经朝着我的方向，轻轻转过身来。禅语说：是一个劫

1

那天和沈家明公开争执的详细内容，其实我已经记不太清楚了。反正是关于有没有美女。最后的时候，聊天室里很多人停止了对话，在一旁看我和他辩论。到最终，也没有结果和究竟。本不是一个什么原则的问题，只是对于五个字。而网络，所有人钟爱的，是自由。纯粹彻底的自由。

事实上是我没有攻击的理由。

沈家明打字同样很快，语言的速度不相上下。他的语言，也出乎我意料的犀利。犀利，却并不刻薄，有一种善意的婉转。我以为碰不上对手的，无论打字或者语言。显然，他不是我想象的，一个偏激自大的，哗众取宠而没有什么内质的男人。

他的很多话简短，但充满寓意。

在我们开始的争执中，我记住了他的一句话，他说："你计较？为什么？因为不美丽？"

我微笑回答他："对付你这种男人，美丽根本多余。"然后愤愤，"美女在贵族商厦、在高级酒楼、在宝马香车、在优秀男人的金屋里，不是你这样的男人有资格邂逅的！"

他竟然呵呵地笑，笑着说："那你有没有遗憾，遗憾自己不能够过宝马香车的生活？"

我们在彼此的微笑里，看到温柔的刀。一样的漂亮和锋利。

我的一个好朋友曾这样对我说："一切都是需要对手的。生活、工作、恋爱、对话，或者吵架。"

我相信了。

那天下午，最后和沈家明的对话，就这样渐渐失去了最初的意图，我很莫名其妙地就把方向丢掉了。原本是要进攻，最后却成了一种交流。一种让我不太能相信的，和谐的交流。我们说到了很多我喜欢或者不喜欢的写字的女子。那种共同的话题让我觉得亲切。

渐渐忘记了对话的初衷。

后来他留下了电子信箱。这样说："我想也许以后，不会在这里遇到你了。"

只是一个小时多一点的对话，他已感觉到我的喜好。

我心平气和下来。这个男人，敏锐而和煦。我不讨厌他。

2

每天都要收发一些邮件。很长一段时间，生活的内容过于平淡了：稿件，稿件的处理，编辑回复，新的约稿函。还有那些没有见过面，只在文字中熟悉的女孩子，以及她们用凌乱随意的文字刻画的心情……

很久不对一个陌生人说什么了。

沈家明的信箱名称，是阳光海滩。

只是随意地说了些什么，天气，这个城市，某个时间的心情。那天和他争执过的话题永远成为了过去。他最后告诉我，一个已经三十五岁的男人，其实更知道美丽女子养眼，智慧女子养心的道理。他是无心的，是我太在意了。

我知道是我太在意了，有些时候我很小气。

一直就是说话吧，随心所欲，像我喜欢的那些没有见过面的女孩子。我们每天诉说一些简单的心情，快乐或者不快乐。沈家明的信更加简单，有时候，他只是要告诉我看过的某个小说，某些感觉。

闲暇的时候他看很多网络文学，对文字，他是不热爱的，却有着锋利而敏锐的辨别力。

我是说对文字中所表达的东西，他比很多人看得更透。

他真的敏锐，对文字，有理性而委婉的敏锐，但并不刻薄。一如我最初对他语言的直觉。

那时候我没有想给他看一看我写的东西，我不习惯对一个人说：你要看我的小说吗？或者你看过我的小说吗？

很多时候我觉得文字是一个人的事情，只是一个人内心的出口，谁碰上了，看一看，说些什么或者保持沉默，都无关紧要。可是不久后，因为一次心情的颓败，我还是给他看了一些东西。

真的不是刻意要让他看些什么，或者作出怎样的评论，有些事情好像是被一路追逐着发生的，一件接一件。

我好像总是心情颓败的时候碰到他，或者寻找他。也因此后来我才知道，我不是个善于承担的女子。我不经意地，就把我承担不了的疼痛推卸了，哪怕只是让一个人知道。

没有预感也没有理由会选择沈家明，他是我网络中的一个陌生人。

却一直选择了他。

3

刚刚是暮秋，翅膀留下的冷灰犹存。那天晚上打开信箱，看到我最心爱的女孩子，我的小妹妹眉然，在邮件里告诉了我这样一句话：家宁，我爱上了一个女孩子。我们在这个冬天相爱，很相爱。所以这个冬天，我不会太冷了。

眉然生活在哈尔滨，那个很北方很冷的城市。我所在的城市秋天还未真正来到的时候，眉然已经告诉我：哈尔滨下雪了。好冷。

真的好冷。

那天晚上在熟悉的温暖的灯光下，我看着信箱里短短的两行字。忽然觉得好冷。

一种抵挡不住的冷，从心里一层层散发出来。

眉然是我大学时认识的女孩子，她比我们都小。很久以后我都清楚地记得她当时的样子和眼神：年少而寂寞。

眉然的身上有一种我所陌生的，却让我莫名心疼的感觉。我一直相信第一眼看到她时，在我心里缓缓流动的，不是一个女孩子对另一个女孩子的情感，而是一种温柔的母性。

眉然有一双纤细的眼睛，皮肤几乎苍白得透明。高高的，却极度瘦削，下巴尖尖的。她的那种消瘦让我心疼。

熟悉了，慢慢知道眉然的一些事情，那份心疼也加倍起来。一切是如此的不可想象。眉然是个孤儿，一直生活在很北的北方，很小的时候她失去父母，那时她还记不得他们的样子。她跟过很多人，住过很多地方。他们都是她名义上的亲戚，但他们都无法拿父母的那颗心来爱她。支付她成长的，是父母留给她的那套很大的房子。本质上，是它养大了眉然。

成长的那些年，眉然始终孤独却始终害怕那种孤独感。她用了很多方式去抗拒：微笑、奔跑、读书、洗衣服，帮同龄的孩子写作业。但却都改变不了根本。她的身世让她对整个世界有本能的距离感。

很心疼很心疼眉然，那种心疼几乎是本能的。她并不拒绝我的靠近，我可以想象这么多年，她一直都在等待着别人的靠近。

那时候，很多晚上，我陪着眉然在操场上跑步。她喜欢奔跑。然后我们会坐在足球场看台的台阶上，看着飞机在夜空中一闪一闪地滑过去。像萤火虫。

偶尔也去体育场，因为喜欢它夜晚的空旷。

那时候眉然总是穿黑色的衣服，她是个有些懒惰的孩子，一条黑色的牛仔裤可以穿很久都不换。我记得她衣服上的污渍，那些只有我能看到的污渍，她的头发很长，海藻一般。

我如爱生命中最重的亲人一样爱着她。有时候眉然会笑着对我说："我也恋爱过，可是总觉得和男人一起的感觉，不如和女人一起安全。"

只当是玩笑罢了。虽然也知道，在年少的爱情中，她有过很深的伤，伤及了心更伤及了身体。能够想象这样一种身世的女孩儿，想要抓住一段感情时的孤注一掷。可是我希望所有有过的伤，包括她的成长中的那些伤痕，都可以在大学四年阳光灿烂的日子里，渐渐愈合起来。我愿意我对她的爱护，能够具有那种能力。

毕业的时候，眉然还是选择了北方，她说："虽然有无数记忆的疼痛，却习惯了那种冷得透明的空气。"

我没有留她。在站台，微笑着看她远去。

因为有过这样的承诺：分别的时候不哭。以后的路，彼此要好好照顾自己。

4

眉然回去后，进入一家很好的韩国公司。她告诉我，她出入那个城市最豪华的写字楼，开始学着穿职业的套装，或者长裙，和细跟的鞋子，也化妆。不再跑步，却依然喜欢走路，也因此鞋子更换得很快。

常常有邮件和电话，大多在晚上。

我是欣慰的，虽然很长时间痛惜彼此分别的久远，可是我愿意在遥远的地方，看着这样一个女孩子快乐的生活。也愿意她会有美好的爱情。

希望比我的爱情美好。

我以为一切真的已经过去。

有时候也问眉然，有没有男人每天拿了花去追她。想她应该，已是个美丽风情的女子。

眉然总说："有啊有啊，每天下班，等我的车子都排到另一个路口了。"

知道都是嬉戏，可这是我所盼望的，盼望眉然，有平常女子的快乐。我真的宁肯她跟一个庸俗的男人一起吃晚饭，也不想她继续一个人在夜晚的街中行走。

而眉然也会说："家宁，我真的宁肯你做个唠叨的煮饭婆，也不想你一天沉溺在自己的文字里。"

我们真的忽视了，我们渴望对方拥有的，其实连自己都做不到。我们有时候本能地忘记了彼此是生活的同类。我们是生活在这个世界上，因为不够真正热爱和叛逆，而被惩罚的一类人。

错在我们自己。

眉然回北方已经整整四年。四年后她这样简单地告诉我：

爱上一个女子，在寒冷的冬天彼此温暖。

眉然说：和她一起，我会想到你，不同的是，她和我一样，更爱和迷恋自己的同性。以真实的方式。

那天晚上我没有打通眉然的电话。我不知道该做什么，只呆呆地盯着电脑屏幕，那两行黑色的字体像尖利的冰锥，一直扎到我身体的最深处去。

终于知道没有什么是可以改变的。我或者眉然。

我们的生活根本是与生俱来的。

那天晚上，我写下了第一个这样的故事，关于同性之间的情感，名字叫做：《冷爱》。我这样解释这两个字：身体是暖的，但爱是冷的。

我讲了眉然，讲了那些我同她一起在操场的台阶，在体育场的跑道，看飞机缓缓飞过城市上空的夜晚。讲我们一起跑步时沉重的呼吸，牵着的手。讲了她的长发，她黑色的衣衫。她的年少和寂寞……

写完之后，我把它放在信箱的附件里，递给了沈家明。我需要有人来分担。这样的时候，我需要的，是一个我所不知的人。我不怕他看到什么，看到眉然或者我，看到我们心里隐约的残缺。我不怕什么，我本能地以为这辈子，我都不会同他相见。

我放弃了继续在电话里寻找眉然，我知道什么都是徒劳的。我只是掩饰不了自己的心疼。那种我不情愿的疼，一下接一下地袭击着我的心脏。

5

沈家明当时的回信非常非常短，一个电话号码，一行字：你让我心疼。不是她，是你。我知道了你是个怎样的女孩子。

看着那行字，看了片刻，拿铅笔把那十一个数字写在墙壁上。好像是一种下意识的动作。我慢慢写下了它们，然后继续看着。

电话，却始终没有打。像我当时要告诉他这个故事时的感觉，因为这个人，是没有想过要见的，只当了网络中一个过客，唯一的过客。

也因此认为更加不可能见，因为他一定隐约地看到了我。

我害怕被陌生人看见，我害怕他们看见我藏在身体表面之下的东西。因为我自己，都害怕看见。

那些天因为翅膀，因为眉然，我连窗外的阳光都看不见。有几天故意没有开信箱。忽然有一些厌恶感，或者潜意识里害怕再看到什么。

几天后，再打开信箱，看到沈家明的两封信。他是不习惯写主题的，可是这一次，他每一个都写了。他这样问：你在吗？你在逃避吗？

而信的内里，却第一次，他的语言没有了我熟悉的锋利，即使那种锋利是婉转的。他这样告诉我——

其实人和人之间的感情，安全，温暖，信任，舒服，或者坚持，有时候和性别真的没有关系。为什么你要为她疼痛呢？我想她是快乐的。即使那种快乐，不是我或者你，不是我们能够体会甚至接受的，可是我相信，这个冬天，她真的很温暖。她是个知道自己要什么的女孩子，她得到了，你该为她高兴。也许不是永恒，也许只是一个冬天，可是不值得幸福一下吗？我愿意相信你们之间，有过这个世界上最美好的爱，也相信她和另一个女子之间，所拥有的，同样是一份干净纯洁的爱情。因为你，我相信是的。

我忽然哭了。这样一些话，几乎不可思议地，释放了我因眉然而起的疼痛。

没有对沈家明说"谢"字。只是忽然地，觉得和他的陌生之间，多了某些东西，模糊不清。

几天后眉然打了电话过来。她问我："家宁，我伤你的心了吗？"

"不。"我说，"我知道你快乐，我盼望那样。"

"家宁我爱你。"

"我也爱你，眉然。"

我们没有说别的，也不觉尴尬和生疏。

其实我不知道，一切是不是真的像沈家明说的那样，可是我愿意相信一件事，他费尽心机，是为了将我从那份心疼中释放出来。

他做到了。而眉然，如果有些东西，可以真正地掩盖住她生命中某些黯淡的痕迹，又有什么不好呢？没有什么是天长地久的，至少可以一天一天地，努力积聚快乐。

即便是饮鸩止渴。

这样的忧虑，没有再告诉沈家明。真的已经害怕，他继续看到些什么。借口去上海，整整一个星期，没有再给他只言片语。

而冬天，却已经来临了。

6

如果说最后打了沈家明的电话，是因为那天心情的无聊和疲惫，而潜意识中，是两天前收到的他的邮件影响了我的心情。

他说，他要离开了，年底的时候一定会走。不会再回来。

那是第一次，在信中，沈家明简短地说了自己。

信件的主题是这样的：说说我吧。

说说我吧，因为就要离开这里了。

一年前的冬天来到这个城市。此前一直生活在北京，大学学习工商管理，毕业后在工厂做基层管理，后来又在外贸公司做了八年，做过资本运营、财务总监、企管经理。用了三年时间读完MBA。

阴差阳错，来到了这里。原本是要去青岛的。

一直非常喜欢青岛，喜欢青岛的海，喜欢它的古朴，喜欢它的红瓦绿树、碧海蓝天。以往每年总要公差或私行去青岛几次，春夏秋冬都去。海滨的城市走得不少，却一直对青岛情有独钟。

很多事情上，我是个固执的人。

前年在青岛联系了几家单位，最终确定了一家集团，职务薪酬都已谈妥，准备举家搬迁。后来单位上的事情处理善后用了大约半年。终于要走了，大约还有一周的时间吧，接到了现在这家公司的电话，说通过某种渠道了解了我的情况，约我来看一看谈一谈。

那一周刚好没什么事情，当是玩一玩吧，来到了这里。是第一次来。这个城市不是我喜欢的，但公司老板却极富煽动性，发展前景及薪酬许诺得极好。当时好像酒喝了很多，头脑发热就答应了。之后直接到青岛婉言谢绝了那家集团。至今想想仍觉得自己太不仗义。

一个人在这里，现在已将近一年的时间，企业文化、人文环境很不适应，原来许诺的一些也没有落实。总之，有很多原因，让我离开的决心越来越大。前一段辞职过一次，没有成功。

但我想年底前后也许是最后的期限吧。

此后也就老老实实地在北京待着了。青岛就算是一个梦吧。父母年纪已越来越大了，他们不愿意离开故土，所以只好作罢。活到这个岁数，我越来越觉得父母的事情就是天大的事情，在他们有生之年难尽孝道的话，今后就再不会有弥补的机会了。

真的要走了。

就是这些。

7

就是这些，我看了一遍，又看了一遍，在为找房子奔波的时间里，有了我自己也感觉不清的失落。因为他要走的消息，我感觉失落。淡淡的，可是出现了。

一切都是我将要在这个黄昏和沈家明见面的根源。

我绕了很大一个圈子，从房子开始，到行走的翅膀，到远方的眉然。其实一切都是结果的铺垫，所有这些事情的发生，都是为了等待沈家明的出现。

只是那些事情，使得他的那种出现，成为顺理成章的必然，而不是牵强的，过于人为的，被动的或者尴尬的。

电话里沈家明的声音，有种我想象不到的干净和清澈。

带着北京话特有的温婉。

我说："我是家宁。"

他沉吟一下，缓缓地说："我知道是你。我们，见一见好吗？"

好吗?

我点了点头:"好。"

我终究也不是个直觉太过敏感的女子,在我应允的时候,心里并没有什么预感。没有预感到后面发生的一切,将会改变我人生和情感的走向。我只想了想,冬天都已经开始了,一个季节只要开始,距离结束已经不会太远。看看日历,到春节,已不足两个月的时间。

两个月会有什么事情发生呢? 两个月怎样都消磨得掉了。

真的不知道为什么,我总是在最紧要的时候,丧失我原本敏锐的对事物的觉察力。那个黄昏,我对三十分钟后将要和沈家明的见面,没有丝毫的危机感。我甚至忘记了自己写过的一句话:有些事情的发生,不过是一瞬间。

那个瞬间之前,我收了线,从地毯上站起身来。然后简单洗了洗脸。依旧没有化妆。

始终没有过化妆的经历,我习惯了自己的面容直白透露出的所有神情。

想了想,在颜色略略黯淡的上衣外面,戴上了一条红色苏格兰格子的围巾。它让我的面容立刻生动起来。

我知道有时候印象的改变,也只是一条围巾这样简单。

用手指梳理了微微凌乱的发,走出门去。

城市冬天的黄昏,街灯已经早早亮起。走向和沈家明约定的路口,以一种习惯的身心从容的姿态。也并不知道,那种从容,只是我的自以为是。不知道几个小时以后,我将无从收拾自己的凌乱。

现在,我缓缓走向不远处的路口,橙色的街灯下,一个穿了藏蓝色风衣的男人,已经朝着我的方向,轻轻转过身来。

禅语说:是一个劫。

第四章

我咬疼你了吗？

1

好像二十二岁的时候，在我还没有被那个已婚男人的故事所伤的时候，我常常以这样一种样貌的男人，做我小说里的主人公。

我很坚持，很久都不改变。他们是这样的：高高的，略瘦，穿藏蓝色风衣或烟灰色西装。抑或那种带了银色短拉链的黑色毛衣。不系领带。面容间隐约有岁月的痕迹，不抽烟，手指干净修长。声音清澈明朗。心地纯良。

当然那个男人并不是这个样子。翅膀也不是。在沈家明之前，谁都不是。

那样一个男人只是我一厢情愿刻画的，我并不知道存不存在。曾经有一家杂志的某个专访栏目中，也问过我这样的问题：哪一种样子的男人，是你喜欢的？

我将上面一段话复制，粘贴。作为答复。

是的，就是那一种样子的男人。有读者戏谑我说，那种男人，只存在于我的小说中。

渐渐认同了。因为当真没有碰到过。而生活中，也不是非这样的男人不爱。爱是一种感觉，想象的样子，有时候只是最简单的因素。

因此也没有过一见钟情。没有为了一个人的样子而喜欢上他。

后来因为那次事件，很少再写有关中年男人的故事。以为快要忘记了，当初自己年轻一些时在意念里喜欢的那种男人。

在我走向沈家明的时候，我也根本忽视了去想象他的样子。只是他转过身，完全面向我的时候，我似乎有些不由自主地，愣住了。

有风在这个瞬间吹过来，张开了他风衣的下摆，他的衣角在风中向后飘去。风衣内，是我喜欢的那种黑色带了银色短拉链的毛衣，有着柔软的质地。

他笑起来："你是家宁？"

是的，我是家宁，可是，他怎么会是沈家明呢？和我的姓名里重复了一个字的男人。他有三十岁多一些吧，俊朗的眉目间，有成熟男人特有的沉稳。他很高，略微瘦削，有挺拔的身材。在他的衣角朝后飘去的时候，他朝着我伸出手来。

我低头看了看灯光下，他的手指。

干净，修长，没有香烟留下的痕迹。

我把塞在裤兜里的手拿出来，迟疑地递过去。

沈家明的手是暖的，和这个已经到来的冬天的夜晚，完全不符的那种温暖。他说："走吧，我带你去一个地方吃饭。"

2

离路口不远的"怡然阁"，我喜欢它每个单间的名字，叫"问菊"，叫"打枣"，叫"采荷"……整个酒店的色彩，是那种静谧的幽暗。环绕的回廊中间，有一个浅浅的鱼池，红色金色的鲤鱼，在灯光下泛着光泽的水中嬉戏。

因为无法知晓生活的境地，它们自由而快乐。

选的是靠近水边的叫"打枣"的房间。沈家明为我拉开房门，拉开凳子。将我的外套和他自己的风衣细心挂于一侧。坐下来，将菜谱递到我面前。

一切都很自然，没有刻意的痕迹。

这是一个和翅膀完全不同的男人，他散发出的，是一种纯净的、细致的温暖。

在骤然明亮的屋子的灯光里，重新抬起头看着沈家明。

他真实地笑了笑。

不可思议地，落在眼底的，竟然是略略带着羞涩的笑容。

那个瞬间我相信了他所散发出的温暖的真实性。我相信一个人的羞涩感是没有什么可以掩饰的。我更相信一个虚伪的人，他早早就已丧失了羞涩，或者压根儿，他就不曾拥有。

沈家明不是的。

要了喜欢的草菇青菜，两个清爽的凉拌。

吃饭不是重要的。只是一个慢慢看清楚对方的过程。

"要喝点酒吗?"沈家明笑着询问。

我不知道，我没有喝酒的习惯。但是这样的时候，如果两个人都不急于离去，有点酒，也许是必要的。会缓和也会拖延。

服务员送过来几瓶小瓶的蓝带，是我喜欢的那种无色的透明包装。

一切都是我喜欢的。房间的色调，蓝带，一米之外沈家明的笑容。

没有那种以往同陌生人见面的陌生感。

3

工作的原因，也偶尔见一些陌生人，做交流或者采访。始终不是太喜欢，彼此客气地说着一些不着痕迹的话，小心地微笑，留意任何轻微的举止。好在这样的见面，彼此也心照不宣，选的都是些明快的地方，如麦当劳，如茶馆，如午后的酒吧。一杯可乐，一杯咖啡或茶，能够省去很多不必要的寒暄。

我知道我是不适合的。所有那些有过的交往，都委屈我自己的心情。

太不喜欢掩饰，而敷衍更是我厌倦的。

沈家明的神情通透直白，没有我不喜欢的那种敷衍或者做作。

他的手指偶尔在桌面划过，微微白皙的手指，那样的修长，那样的干净，指甲浑圆，透出健康的色泽。这样的手指，在我写过的故事里，我如是说：可以轻而易举地，握住女人的身心，或者灵魂。

沈家明拿起酒倒满了我面前的杯子。我的目光自他指间移开。还好，我已经不是二十二岁，我的心，开始对所有事情，有了本能的抵抗力。即使那种抵抗，是微弱的，经不了太久感情磨折的。

我笑了笑。真的是很奇怪，几年前我意念中喜欢的那个男人，在几年以后的某个夜晚，以这样不经意的方式出现了。他始终带着那种略略羞涩的、温暖的微笑，他比我意念中的男人，多了一份可贵的真实。

这个男人是真实的。十一月二十五日的晚上，他坐在我伸手可及的距离之内。我无端地想着写过的那些，和这样一个男人种种的故事和纠葛。脸慢慢红了。

沈家明适时举起酒杯："为了见面。"

好的，为了见面。我低下头，用喝酒的姿势遮掩我面容的转变。

"好像是会的，看你喝酒的样子。"

我笑笑，并不反驳。其实绝少喝酒的，只是我有遗传下来的某种基因。我那穿了半辈子军装的父亲，在六十岁的时候，依旧有一斤白酒的酒量。

那种蓝带有略略酸甜的味道，适合对酒没有要求的人。

比如我，或者沈家明。看得出他是不擅长喝酒的。用我写过的话，叫：不嗜烟酒。

我不是故意的，我真的不是故意要用他对照什么，影射什么。我不故意但心思还是这样旋转着。沈家明清澈的声音在我耳边缓缓流淌着，像童年时的家乡，环绕村庄而过的那条不知名的小沙河。

我的心忽然飘啊飘了起来，再也找不到落点。

4

这个晚上，我几乎没有想起翅膀。没有想起从一年前的冬天到这个冬天，我刻意地，把自己放在他恋人的位置上。虽然只是我的一厢情愿。我为我的一厢情愿和坚持感动着。可是当我在灯光下，和这个叫沈家明的男人一杯一杯喝空了桌子上所有酒瓶的时候，我觉得我是孤单的一个人。

好像没有爱着谁，也没有被谁爱着。

沈家明看着一个人的时候，目光是干净的、轻柔的、直接的。

我们看着对方的时候，流动的气息里散布着干净的亲密。一切不是刻意的，似乎水到渠成，彼此身心无恙。

一个小时之后，沈家明站起来去洗手间，在他身后，我忽然开了一句玩笑："不许去！"

他回过头来笑："你真的很刻薄，如此不人道的小女子。"

短暂的对视中，微笑碰撞在某个瞬间。我的心，忽然有种很暧昧的预感。

酒已喝光了，两个都不嗜好酒的人，并没有继续喝的愿望。却好像也没有离开的愿望。

沈家明不动声色地看了看腕上的表。

不是很晚，也不是太早了，对于普通的男女，已过了在一起的合适的时间。

我想。

"我们该走了。"我用纸巾擦了擦指尖。我想还是我先说出来的好，既然走是必然的。但却有一些私下的不情愿。在感觉里。

不情愿？我不情愿在这个晚上的这个时间，和这个男人分开吗？

他点头："是的，我们该走了。"接着拿过桌边的手机拨着一些数字。

在他打电话的时候，我盯着他的手指在白色的手机按键上跳跃。纯白色的西门子，有着动听的和弦音。

他简短地同一个人说了些什么，最后他这样说："好的没有关系，我再给你电话。"他转回头看我，"司机有点事情，要两个小时的时间。告诉我，你还喜欢什么？我带你去。"

沈家明所在的公司远离市郊，近一个小时的路程，恐怕这样的时候，出租车都是不情愿跑的。只是两个小时，做什么呢？

心思忽然一动："去唱歌好不好呢？"

"好，去唱歌！"他拿下外套递给我，"满足你的心愿，唱哪一首都可以的。我的模仿力很好，乐感也很好。"

我相信。他有那样清晰的音质，根本不用模仿谁。

5

随了出租司机到一家纯粹的卡拉OK练歌房。训练有素的服务员带我们走进一个小小的，有着磨砂玻璃门的房间。沈家明拿起麦克试音的时候，我坐在电脑前找寻我喜欢的那些歌的名字。

都不是时下最流行的。

一直喜欢齐秦，喜欢王杰，喜欢童安格，也喜欢王菲和林忆莲，还喜欢崔健……喜欢他们存在于上个世纪某个年代的声音。

"你不是应该怀旧的年纪。"沈家明站在一旁看着我按下一个个曲目，"你知道我喜欢对吗？这些歌，是属于中年男人的。"

我回头笑了笑。我喜欢中年男人，中年的翅膀，或者中年的沈家明，还有中年的优秀的他们。逃避不是不喜欢，只是因为有过伤害。

第一首是《故乡的云》。

我不是很喜欢费翔，但我喜欢他在这首歌中发出的声音。

沈家明在音乐中的声音如我想象般生动、清澈，也有意想中的苍凉。他的声音始终是干净的。在唱另一首林忆莲的《伤痕》之前，他看着我，看了片刻："这首歌，送给不快乐的小女子家宁小姐。希望她快乐！"

我嘻嘻地笑："你错了，我是快乐的。"

他不同我分辩，转向屏幕中林忆莲水一般清澈梦一般柔和的面容。我有些忘记了，那首歌的歌词，竟然是这样的："夜已深，还有什么人，让你这样醒着数伤痕。为何总想要留一盏灯，你若不想说，我就不问……"

是这样的歌词啊，我收起了笑容，怔怔地看着他，这样一首歌，为什么要送给我？

音乐落了下来，开始了一种转换。沈家明没有接续唱，调低了音量，在我身边坐下。"我看了你写的一些东西。"他忽然说，"一些网站有转载。"

"未经过我的同意和授权。"

他笑："网络有它一定的自由性，无约束性。这也是它的真实性。"

"你都看了些什么？"

"看到了文字里的你，而不是故事。"

"你到底看到了些什么？"我的声音低下来，他这样说的时候，我感觉到心虚。

"凄美、疼痛、隐忍、抗拒，但是干净。"他说，"我知道你不快乐，知道在这些文字的背后，你的心是空的，或者你的生活是空的。"

我仰起头来。

他们常对我说，你的世界和心情多么丰富多彩，你的职业你的爱好你的情感，多么与众不同。

可是沈家明说我是不快乐的。

我妈妈也这样说。

妈妈这样说是可以的，因为她是我的亲人，她把我带到这个世界，我的生命是属于她的。她有权利看到真相。我不可以抵赖和反驳。

可是沈家明，他是谁呢？

"不许说我空洞，我很小气，会生气的。"我转身盯着他。我的眼睛里有我不情愿的虚弱和退缩。于是我只能更加努力地看他，借以抵抗。

他也看着我。

6

三分钟后，我的目光转向墙壁。墙壁上有一幅黑白的图画，是一棵树简单的轮廓。在灯光下并不清晰，却可以忽然想起荒野和草原。

"不过没有关系，你可以试着改变。你要告诉自己，除去文字，你只是个平凡的、简单的、生活化的女子。不要对你所没有经历过的生活幻想什么，生活是这样的，衣食住行都值得认真地对待，这个世界不是纯粹精神的，没有你想要的那种身心的永恒和谐。真的，简单就是生活。你要把你的想法和现实分开来，这样你就很容易快乐了。"

我顿了顿，他知道我想要的是什么。他说我要的，不会有。可是他所说的那种快乐，想了想，似乎也不是我盼望的。流于生活表面简单的快乐，那种平庸，我受不了。

所以我不说话。

"也许你现在不会感觉到什么，可是时间会过去，五年以后、十年以后，我害怕你会渴望那种简单的生活，渴望有一个疼爱你的人，有一个你所疼爱的孩子。有简单的天伦，有完整的家。我担心你总是这样，到那时候，会来不及了。"

"我很好，我不用你担心什么。"忽然觉得委屈，"你自以为是，你看到的只是文字里的东西，不是我。我很好、很简单、很快乐、很平凡，知道生活是怎样一回事！"

声音就这样莫名地大起来，盖过了音乐。

"家宁，其实你比谁都清楚，你一直在逃避。你比谁都害怕未来的孤单。像另一首歌，或者你听过：就这样的孤单，孤单一辈子。家宁我觉得你正在驱赶着自己走向那种孤单。也许这是你喜欢的，可是我，觉得心疼。我心疼你文字里透出的那个你，我知道是你。"

沈家明的手指落在我的肩上，一分钟后，他指间的温暖透过我的衣服传递到我身上："刚刚吃饭的时候，我看到了你左手手腕的伤痕，虽然你用手链遮挡了它们。可是我还是看到了。"

我下意识地缩了缩左手的手腕。

伤痕。原来它真的不仅仅是一首歌的名字。他是故意的。

我的心在一分钟后身体所传递的温暖中，忽然变为空白。我怎么都没有想到接下来发生的事情。

不，不是沈家明。他的手始终停留在我的肩上，异样轻柔。而是我，我忽然低下头去，对着他的肩膀，用力咬了下去。

我用了自己都没有想象到的力气，隔着他绵软的毛衣，我感觉到牙齿在他的肌肤上深深咬下去的力量。比我想象中还要狠的力量。

沈家明，他看到的真是太多了。在我的语言里，在我的文字中，在我的身体上。

没有人看见过那些凌乱的，纵横交错的伤痕。事实上它们并不太深，五年以后，都成了浅白的颜色。在我的左手手腕上，也在我的心里。

那是一个我永远不想讲出来的故事。那是我最深的伤痕。

在我牙齿的纠葛中，沈家明没有发出任何声音。没有动也没有拒绝。只是非常短暂的时间，很奇怪的，原本淡出的音乐却清晰起来。是我喜欢的另一个唱国语歌的女子，她和很多我喜欢的女子一样，有过一些被折断的经历。那张无所谓美丽与否的脸，在很多时候，流露着一些无所适从，一些茫然的颓废。

她叫王菲。那首歌，叫做《蝴蝶》。几年前我不写东西的时候，喜欢过一个叫童素心的女子的文章，她好像也写过关于蝴蝶，在最后她这样说："我像一只蝴蝶，从一朵花流浪到另一朵……"其实她在写很多情感流浪的女人。

王菲的《蝴蝶》并不是这样的，第一次听的时候，有种疼痛的震撼，好像听了整整一夜。那夜我翻来覆去，一直放一直放，后来睡着了，她的声音还在梦里纠缠不休，不肯停下。

那首歌的歌词，也因此刻入了我的思想中，成为身体的一部分。根本不用记忆。

嘴唇还没有张开，已经互相伤害。约定不曾定下来，就不想期待。恨不得你是一只蝴蝶，来得快也去得快。回忆还没有黑白，已经置身事外。承诺不曾说出来，关系已经不再。眼泪还没有掉下来，已经忘记感慨。给我一双手，对你依赖。给我一双眼，让你离开。就像蝴蝶飞不过沧海，没有谁忍心责怪。给我一刹那，对你宠爱。给我一辈子，送你离开。等不到天亮，美梦醒来我们都自由自在。

王菲的声音，散漫迷离，充斥在狭小的空间里。

我低低呻吟了一下抬起头来，牙齿离开了他的身体。

心忽然抖动起来，不可自抑地。

沈家明的脸，依旧温暖而平静。

"我咬疼你了吗？"我看着他。看着他毛衣被牙齿揪扯得不整齐的部分。

他摇头，手掌在我的肩上移开，抚在心脏的位置："我只是这里有点疼。心里。"

我低下头去。

第五章

那个冬天我很疼，我哪里都疼

1

一直不想再提起许可这个人，事实上他在我的生命中停留过的，只是短暂的时间。连一个季节都没有好好完成。短暂得可以不在时光中留下任何记忆，短暂得可以轻易放弃掉。

所以更多的是不情愿，不情愿这样短暂的日子里，给自己留下的，只是伤痕。

不是内心的，我觉得更多的伤，根本是关于身体的。

那是在五年前的夏天，我刚刚大学毕业，在一家规模不是太大的贸易公司做事。当时因为工作关系，常常要认识一些陌生的人并记住他们的名字和电话号码。这也是我最终放弃那份工作的原因。

许可却不属于那些人，那次一同吃饭他是陪陈去的，陈是公司里的一个客户。

许可就坐在我旁边，面前的桌面上没有烟酒，他要了纯净水倒入杯中慢慢地啜。我注意到另一侧的人起身时，不小心把烟尘弹落在他的衣袖上。他用手指弹它们，很轻地皱了下眉。

衣袖洁白如雪，我可以嗅到淡淡的皂香。

小时候，我喜欢穿干净的白上衣的男孩儿。

长大后我依然有些喜欢这样的男人。纯白的衬衣，而不是藏蓝色风衣或者烟灰色的西装。

其实这真的没有什么关系。

当时我不由多看了许可几眼,很英俊,很合时宜的沉默。

那顿饭吃到很晚,陈让许可送我回住处,他开一辆很普通的白色桑塔纳。

车里很干净。在幽暗中我很客气地对他说该向哪个方向拐弯,下车后很客气地谢过他。他一直微笑,偶尔在后视镜中看看我。

那晚我一直能嗅到那种淡淡的皂香,甚至在睡梦中。

早上走出门,巷口停着那辆白色的车,我在摇下的车窗里看到许可微笑的脸。

"再把你带回去才叫善始善终。"许可侧身打开门。

他是优雅的,自然的,不加掩饰的。

隐约地,我已经懂得该为哪一种男人心动。也许要到多年以后我会明白,我是一个容易为事情表面动心的女子,不太容易看到本质。就像后来我对沈家明说的:"男人,我喜欢两种,冷酷的和温暖的。"

翅膀是冷酷的,那时的许可,我以为是温暖的。我不知道他温暖的表面下,掩藏着的心已经寒冷得冰雪不化。

但是一切都已经发生了。所有的事情,在想要分辨的时候,往往都已来不及了。

2

坐在车上,我们挨得很近,明媚的阳光透过车窗,我们可以清楚地看到彼此的面容。

许可说一些很随意的话,原来他很健谈。昨天的沉默,让我感觉到他对自己语言和心情的珍爱。他是不想应对什么。我喜欢这样。

我知道了许可和陈是从前的挚友，几年前他去了深圳，不久前刚回来，现在经营着一家出口竹编产品的小公司。

我没有更多地问，他也只说了这么多。

"有事可以打电话的。比如，你没有办法回家。"许可递了张纸片给我，上面是手写的电话号码。只有一个电话号码。

我把纸片在手中一圈圈转，最后放在裤兜里。

很长时间，却一直没有打过那个电话，我好像再也没有什么原因回不了住处或去不了公司，虽然每一个早上我都私下里盼望，有一辆白色的车停在巷口。

但却一直没有。

秋天就那样过去了，陈再去公司，我终于忍不住问起了许可。

陈先看我，那种目光不同以往。我很轻易就察觉到了。现代人的人心充满异样的敏锐。

"好像，"陈说，"这段时间他外出了。他常常出差的。"

"这样啊，我说我要换个住处，想用他的车带点东西，他不在，那算了吧。"我转开话题，后来不清楚和陈在谈些什么，但我很清楚我在想念一个穿白衬衣的男人。他叫许可。

那天下班后人走散了，待了好久才走出去，写字楼下的空地上，一辆白色的车静静泊着。

这种颜色和款式的车在这个城市里比比皆是，然而我知道是许可。

他走下来，穿件白色的 PUMA 休闲冬装，站在车旁浅浅地笑。我也笑，笑着走过去，一直走到他面前，我低下头，没有什么预感但我哭了。

许可说："陈说你要用我的车。"

我摇摇头。许可用手把我的脸托起来："你哭了，为什么?"

我说不出话，眼泪更加肆无忌惮，一串串滚下来。

自此纠缠不清。

3

冬天已经到来，我同许可恋爱了。

好像总是冬天，也许因为冷，适合爱情的发生。冬天孤单的人，喜欢用爱情取暖。

许可竟是单身男人。此前我以为从此卷入的情感，会是非不分，但却完全不是那个样子，他没有婚姻甚至再没有别的女朋友。

但不该是这样的，许可是个年轻并微微富有的男人，而且温柔多情。

然而很多东西竟无法过问，许可并没有给过我任何承诺，甚至没有说过"我爱你"。在这个城市，他一个人住在一百多平方米的大房子里。没有烟火味道的屋子，即使豪华也不像一个家。虽然一切，都是我喜欢的爱情的样子。但终归，也有些未知的茫然。

记忆是这样的：一次又一次，我在窗帘透过的阳光中睁开眼睛，许可都已衣衫整洁，面容清新地站在窗前。

很像电影中的画面，旧时一个被宠的妻子却完全不知丈夫的生活背景。

唯有一次，许可外出一段时间回来，我看到他的眼睛里有红血丝，疲倦的眼神像整夜未眠的样子。他拉着我的手腕问我："会不会有一天你会离开我，会不会?"

他的声音在我耳边轻轻地颤动。

"不会。"我说，"我不会。你松开手，你弄疼了我。"

他抱紧我。"也许有一天你会的。"他说，"一定会有一天你将离开我。"

他的手臂箍得我很疼。

那时候，纵然我思维敏锐，也还是阅历少，很多事情，无从想象也不想想象。我只是不知道，许可心里担忧的，会是什么？

不安，却因为爱情和身心的纠葛，有时候忽视掉了。

我也一直没有告诉许可，和他一起，是我第一次在感情中付出了我的身体。他没有问，我就没有说。第一次一起的晚上，我拒绝了灯光，在黑暗中，不动声色地处理了我的身体。我不想以此约束什么，无论是他的感情或者承诺。

在我有过的爱情中，始终没有身体的愿望。不是一切都相辅相成的，比如我的身体就和思维脱节。一直到我认为可以接受任何感情的时候，我的身体始终是生涩的，没有过了二十岁的女孩子的饱满和柔软。

更没有欲望。

可是我接受了许可，接受了他所给予我的身体之爱。那种接受几乎完全是内心的，我喜欢，和他以这样的方式靠近。每次在黑暗中做爱的时候，我享受的，只是想象的现实：我们之间，没有任何距离。甚至没有缝隙。

这是我很长时间所迷恋的。

也许就因为这样，我的身体也并没有因为真实的欢爱成熟一些。第二年夏天的时候，我依然可以不穿文胸，只穿了细吊带的背心在街中穿梭。像个发育不好的孩子。

我喜欢爱情，但并没有太强烈的，做个风情万种的女人的愿望。好像直到后来，和翅膀一起后，因为内心的爱没有释放和舒展的空间，我才发现了身体的一些秘密。那些秘密，再到后来，被沈家明摊开在他的掌心里。

但那时候不是的。我在意的，只是和许可心里的过程。还有一些蒙胧得我无法分辨的感觉。即使在我们做爱的时候，我也会突然地，不知道许可的心去了什么地方。

那是我唯一在意的，身体的反映反而平淡。

那种感觉也总是很短暂，不过一瞬间。

许可依旧走走回回，没有什么规律。

4

最后的那次，他走的日子似乎很长，一直快要到了春节，我买好车票回家过年时，他还没有回来。我忽然觉得许可好像已经走了太久了。久得让我感觉得到感情的荒芜。

他有时候会很多天也不打一个电话。让我担忧。

要走的前一天，我一直步行着穿越着城市的大街小巷，走了一个下午竟然走到了他住处的楼前。始终还是放不下。许可并没有给过我他的房间钥匙，他不在的时候我也没有来过。因为隔得太远，而他又不在。

我只在楼下犹豫了一分钟就转身上了楼，数过八十八层台阶，左转，看到关闭的门。我抬起手用手指依此地敲过去，然后转身下楼。

门却在背后开了，声音很轻但很清晰，我又转回身去。这太让我意外。

一个中年女人站在门内，穿温暖的家居服，一脸的雍容华贵。

我张大眼睛抬手看自己的手指，它们好像敲错了门。

然而不是，我接着看到了许可，仍然穿白的上衣，站在那儿僵立不动。

这是电影的最后一个画面，画面里的女人说："许可，你竟然用我的钱在我的房子里养别的女人。"

然后画面就晃啊晃的像受伤的玻璃一样碎掉了。

当时我的内心没有什么清晰的疼。在爱情被意外的情节粉碎掉的瞬间，我只有无力地悲哀。隔着那个女人浑浊的目光，我看了看许可。

他依旧穿着白衬衣，没有任何杂质和污染的纯白。可是感觉起来是那样的假，就像一张纯白的纸，那样薄而脆弱，很快就要碎裂了，要在风中消逝。

我转身离开。

许可似乎在身后喊了我的名字，他的声音在冬天的风中被截断了。

我没有一滴眼泪落下，长长的一路，像那时在学校和眉然一起的时候一样，我一路奔跑回去。奔跑赶走了空气中的寒冷，我的额头上甚至有细细的汗水。

在屋子里坐着，一直坐着。后来打开了所有的灯。

灯光下，我看到不远的桌子上，许可送我的那只洋娃娃。那是个穿白婚纱的小女孩儿，会伴着音乐慢慢旋转，许可在初识我时送我的，我记得当时他说："是个干干净净的小姑娘啊！"

可再没有什么是干净的了，我已经无力净化什么，只想一走了之，誓死不再回头。

那天晚上，我抖着手托起穿白婚纱的小女孩儿，她眨着眼睛在音乐中旋转。在她的旋转中，我的眼泪纷纷而落，落在裙裾上又被弹碎，好像落在转动的伞上面的雨滴。

那是我最后一次看她旋转。

什么都被我丢掉了。会跳舞的洋娃娃，许可送我的丝巾、书和CD，还有一瓶香水，它的名字叫"毒药"。一如许可带给我的，这个短暂冬天的爱情。虽然那瓶香水，我也只是闻一闻，始终不曾用过。

统统丢掉了。我是这样的，想结束一件事情的时候，希望在任何地方，都不留下痕迹。

是我的自私，也是我的脆弱。

5

第二天坐了火车回家过年。家在三百公里外一座不太大的城市，因为城市的小，过年的时候可以燃放鞭炮。终于嗅到一直喜欢的鞭炮燃放时硝烟的味道，终于看到夜空中零落的烟花。那些碎的纸屑飘在断断续续飘落的雪花里。踩在上面慢慢走过去，雪融化在纸屑里。我盼望，冬天的痕迹从此过去。

如果那样，我就不会有那清晰的伤痕。

春节过后的第三天，我的身体开始感觉出现异样。起床后眩晕，想吐。只困惑了几分钟，我就忽然明白过来。

我怀孕了。

我以为自己什么都丢掉了，可是我忽视了许可植于我身体之内的悲剧。

我才二十二岁多一点。熟悉爱情，对婚姻没有想象，更不想要一个孩子，尤其在如此的情形之下。不知道究竟是谁的不甘，还是因为我错的太多，爱错一个人，所以上天刻意地惩罚我。

这是唯一无法躲避和随手抛弃的。

6

没有过完假期，提前回到这个城市。我需要一些时间，需要时间来处理掉最后的残局。

没有找任何的朋友，觉得这样的事，真的不是朋友可以承担的。这不是心情，是事实。

去了两家医院咨询，得到的答复是同样的：只能手术。

因为过了可以用药物解决的最佳时间。

在那个冬天将要过去的某个黄昏，在市立医院冰冷的手术台上，我经历了生命中最惨烈的一次疼痛。那是我今生永远都不想再遭遇和重复的痛。

原本也可以避免一些的，医生说，手术有两种：普通的和无痛的。无痛的可以用麻醉剂。

无痛？为什么要逃避本该的痛苦？我不要；我相信一个人最终还是逃脱不掉他应该承担的。能够逃掉的，只是心里的感觉。我不知道这是不是叫自我惩罚。在那件事的最后，我失去了爱自己的本能。

几分钟后我就后悔了。

我不知道那种痛可以用什么来形容。它是残忍的，直白的，无法想象的。没有能力和方式躲避和缓解，只能清醒地承受。

没有退路。

有一刹那我以为自己会死掉，我感觉到鲜血大片大片地流出我的身体。那些器具在我体内无情地碰撞。那种被撕裂的疼四下蔓延肆虐。

我恨我自己。这是我初次付出了身体的爱，可我一败涂地。

那天晚上回到住处，身体一直地流血一直地疼。那种从身体最深处散布出的疼痛，以强大的力量收缩着，一刻也不肯停止，好像没有尽头一样。

左手手腕的伤痕，就是在那个晚上留下的。不是的，不是你们想的那样，我不是为了结束什么。从头至尾，我都没有想过要让自己为此付出生命的代价，最深的疼我都已经承受了，我不会那样做的。我也许不够热爱生活，可是我很热爱我的家人，我不会选择这样的方式将他们抛弃。永远都不会。我那样做只是那天晚上，我真的找不到可以缓解身体疼痛的方式了。

我已经承受不住。

我看到了桌子上那把锋利的水果刀。

我曾经相信一场新的爱情是医治另一场爱情的良药。那一刻，我心里忽然有种茫然的欲望，想象也许一种新的疼痛，同样会是缓解另一种疼痛的有效方式。

我太疼了，疼在身体某个唯一的部位。我想分散一下。

拿了刀子对着手腕划了下去。一下、两下……刀锋在皮肤间纵横而过。

手腕清晰地被切割的疼痛，好像真的替代了另一处的痛楚。当我停下手来的时候，有血沿着那些划过的痕迹，一点点、一点点渗出来。

我已经被疼痛折磨得没有了眼泪。

那个冬天最后的日子，在我记忆里是疼痛的寒冷。始终是。

7

终于都过去了，当街中某个墙院内，鹅黄色的迎春花伸展开娇嫩的身姿时，我的身体也恢复了正常。可以奔跑和跳跃了。那些在某个夜晚隐藏于体内迟迟不去的疼痛，也似乎根本没有存在过。想起来，是遥远的。

只是左手手腕，并不深的刀锋划过的那些痕迹，虽然在愈合在淡化，却始终也没有完全褪去。再也没有褪去。从此我在左手手腕带一切可以佩带的东西，表、手链或者本命年的红丝线。

我后悔了。

我从来都不是不疼惜自己身体和感情的人。比如爱错了，不管如何艰难，我都会选择放弃。

我怎么告诉沈家明呢？告诉他不是他想的那样，真的不是。而仅仅因为他看到了，我却不得不将狠狠丢弃的那个冬天，重新翻过一次。

虽然不再疼痛，因为我努力地忘记了。但想起来，心里总是暗暗地。我知道自己失去了什么。我知道为了那个冬天，我付出了怎样的代价。也许一个冬天是短暂的，而正是那些短暂的累积，让我迷失在这个世界中。

如果是为了爱，我无可抱怨。

可是是为了爱吗？那是爱吗？

以后很久没有许可的消息，城市那么大，一个人说不见也就不见了。两年之后，忽然无意中在朋友的婚礼上，邂逅了让我和许可相识的陈。他在想了想之后认出我来，我们碰了碰杯子，问候了一下。我要离开的时候，他在背后说："你还记得他吗？"

"谁？"

"许可。"他说，"就是那年冬天，我们一起吃过饭的很英俊的许可。"

"哦。"我应了一声。两年后，所有的伤口已经结痂。

我是平静的，并不是假装。

"他出事了。"陈的口气依然平淡，"半年以前，他偷了两辆很贵重的车，三个月前事发，一个月前判的刑，判了十三年。"

我终于回转过身来。这是我无论如何都想象不到的结局，在一切结束之后。每个人各自的结局，我知道肯定有很多种，而许可走的路，让我震惊，之后是悲伤。

"他好像为了还债，他欠了别人很多钱。"陈最后这样解释了一句，然后深深叹了口气，笑着对我说："你现在还好吧？"

"还好。"我也笑了笑。笑的时候我想起某天晚上，许可紧紧箍着我说的那句话："你一定会离开我的，你一定会。"

他早就知道了结局，早就知道了。他了解自己，知道结局不在他的控制之中。

可是为什么呢？看起来，他是个很优秀的男人啊，为什么非要选择如此的方式生存？有无奈有苦衷，还是，已经习惯于那种无须为生活拼争的安逸？即使他已在安逸中，丢失了自己，丢失了心，可还有灵魂。

灵魂是自己和自己对话时的勇气。我知道那种勇气，他已经失去了。他不能够面对自己。

可是他还有悲哀，还肯去爱。到了最后，他选择的这种极端的方式，是为了拒绝和逃脱吗？逃脱深藏在内心的耻辱。那么他的灵魂，也不曾完全淹没吧。

那天晚上，走在有风的街中，我掉了泪。

事实上，我已原谅了许可。因为原谅，一切才得以真正的放弃。

8

冗长的记忆之后，看着沈家明，我呼出一口气来。

音乐已经不知更换到何处。他轻轻地，将我的左手拿过去，拿到唇边。他的唇柔软湿润，我愿意相信，那种柔软湿润有淡化痛苦的力量。

可时间，真的已经不早了。

第六章

潮湿，是我身体中流出的泪

1

"真的该走了。"我抽回在沈家明的臂弯中停留了片刻的身体。

电视屏幕显示着两个小时的时间即将过去。应该是夜晚的十一点左右，大约是我见到沈家明的第五个小时。

陌生感已经荡然无存。其实在我第一眼看到他的时候，那种想象的陌生感，已经在心里一路退了下去。在某个瞬间我相信，它从来就没有存在过。

沈家明的手指抚摩着我的头发，没有再说什么，拿过手机，再一次拨打了那个号码。因为离得很近，我听到了电话里的回应："您拨打的手机已因欠费停机。"

这不可能。

"这不可能。"沈家明皱皱眉头，"两个小时前，我打通了。"

似乎不甘心，拨了一遍又一遍。回应却是一样的。

沈家明苦笑："好像是我的阴谋，是我不愿意走。"

我笑笑，我同样不愿意他走。可是我没有说。

就这样牵了手离开歌房。离开的时候没有意识到，我们牵了手。那种熟悉的感觉，如同前生牵过无数次。在路口，拦下一辆出租车。对方摇头："太晚了，时间来不及了，马上要交车，真的对不起。"

第二个司机，回答如出一辙，好像电话里的电脑录音，除了音质不同。司机也并不说不去，拒绝是合情合理的，这样就找不到被控诉拒载的理由。而我们，都没有分辩什么。

当第五辆出租车自我们身边离开的时候，我松开了沈家明的手，回身牵住他风衣的纽扣："不要走了，不走了可不可以？"

沈家明低下头来："其实是我，更想带你一起回去。"

我们拥抱在一起。

那一刻我知道，其实这是我们都在等待的结局。它的可能性微乎其微，一个两小时前打通的手机，两小时后停机的可能性，连续被五辆出租车拒载的可能性，都小得不可思议。

但真的发生了。

在我和沈家明见面的第五个小时，我带他回来。

2

我没有过带一个男人回来过夜的经历。在我搬过来的一年半的时间里，没有过。去年的冬天直到这个秋天之前，我和翅膀一直纠葛在他的酒吧。

我不愿意跟他回他那间有床的房子，我害怕感觉到那张床上有别的女人的气息。

亦不愿意带他回来，那让我觉得委屈。

这是我留在这里的最后一晚，四处凌乱不堪。除了床。沈家明不解地看着这种凌乱。我笑笑，"明天我要搬到另一个地方了，没有心思再收拾什么。"

"所有的结束都是凌乱的，很难善始善终对吗？"

"沈家明你可不可以不再说这样的话?"我用微微执拗的口气朝向他,在属于我自己的空间里,我又有了一些因熟悉而铸造起来的骄傲和从容。

虽然十几个小时后,我将再度离开。在另一个陌生的地方,重新找那些感觉里的东西。

"一直没有人对你说这些话对吗?他们喜欢的是你的孤单。因为你的孤单,每个人都有机可乘。然后你们都以为那种顺从的迷恋是爱。可是爱一个人不是这样子的,爱一个人,应该让她快乐。"

"你呢?"我仰起头来看他,"你爱我吗?"

"我只是希望你快乐,不再让我心疼,你还是个没有真正长大的孩子。"

"孩子?你有自己的孩子吗?"我笑了笑。

沈家明点点头:"是,一个男孩子,已经六岁了,很可爱。这是生命中最真实的,父母于我们,我们于孩子,都是生命最根本的价值。"

"可是你爱我吗?"我不想知道生命的价值是什么,在这样的时候。

"我已经回答不起。"沈家明捧起我的脸,"那个字太重了,我已走出去太远。家宁,我怎样才能让你知道,生活和爱都不是为了受苦,是为了温暖,是为了,快乐。"

怎样呢?又能怎样呢?

我不回答,伸出手来,环住了沈家明的身体。我的心忽然有太强烈的渴望。我的手越来越紧,紧得让我自己都紧张和窒息。

他任由我的手臂放肆地缠绕他的身体。很长时间以后,我松开手,拉开了他毛衣的拉链,找到他左边的肩膀上我牙齿咬过的位置，两个清晰的齿痕，有血透出来。

我从来没有用这样的方式对待过任何人。

我的手指覆盖过去："你疼吗？"

他一把将我抱紧，我听到我身体的关节在他的手中喀吧喀吧作响。

我听到了我身体的欲望。

"我想要你。"透过沈家明的怀抱，我看了看凌乱的四周，低低地说，那种声音融化在我的呼吸里，我觉得透不过气，我需要释放，我说："沈家明，我想要你。我想你要我。"

他仰起头，看到我写在墙壁上的他的电话号码。

我关闭了他身后半米之外电灯的开关。半米之外，是我温暖而孤单的床。

3

翅膀离开后，整整一个秋天过去，我身边一直没有别的男人。好像对他的感觉一直继续着，内心的时间和空间都空不下来。空下来的只是身体。

在过去的一年里，翅膀带给我的几乎是同样的感受，一种苍凉的快感。那种快感，我知道更多地来自于感觉，来自于一种一厢情愿的愿望。因为想爱一个人，所以想承担和认可全部。我知道那段时光里，其实我在和另外的女人分享翅膀的身体。也因此到了最后，所碰撞的快感和高潮，渐渐变得颓废，有枯萎前的溃败。

怎么也抗拒不过内心的凄迷。

最后一次，感觉似乎也再次沦为了彻底的承受。并不是被迫的，却觉得委屈。

可是正像我说的那样，这么长时间，我把自己放进去，没有想好要不要走出来。好像走不出来，似乎我自己，不具备那种力量。

也许我在等待这段感情真正的溃败，可是它需要时间。

4

在我初次感受男人身体的时候，我的愿望真的过于简单，我以为只有这样，我们才真正地属于对方。我一直忽视了身体之爱最时尚和永恒的内涵：放纵、倾泻、给予、索取、温暖、动荡、渴望、隐忍、盛开，包括毁灭……

这才是男欢女爱的全部内涵。

这个午夜，沈家明让我知道了这种内涵的全部。

他是轻柔的，轻柔的唇，轻柔的手指，轻柔的动作。他的嘴唇在我颈间缓缓游动，他的手指溪水一般，流过我并没有同本身的欲望同步复苏的身体。

一切感觉起来是那样干净、温暖。

干净、温暖，是沈家明带给我的始终没有改变的感觉。

像一条冬眠了整个冬季的蛇，骤然感觉到春天的阳光，它张开眼睛，身体渐渐苏醒渐渐柔软渐渐被动荡的欲望填充。

从来也没有感受过如沈家明般温暖的男人的身体。那种温暖是安全的、清澈的、真实的，像远远看去壁炉中平缓的火苗。只是看过去，就感觉到了它的温度，心就柔和起来。

我在因为习惯而渐渐淡落的黑暗中看着他的眼睛。

沈家明微笑着，那双眼睛里没有迫不及待的欲望。他似乎在微笑中等待什么。有一种怜惜，一种疼爱，一种不忍和缓慢。

我的身体，若那时校园爬满围墙的秋天的青藤叶子，一层层战栗和跌宕。

我感觉到陌生的潮湿，在我身体中慢慢透出来。

从未有过的潮湿。我碰了碰自己的身体，那一刻，我相信了那种潮湿，是我身体中流出的泪。

沈家明的温暖覆盖了我。覆盖之后是彻底的淹没。

骤然之间，所有一切灰飞烟灭。

沈家明的身体，在暗夜中散发着干净的光泽，他的力量是透彻而柔和的，是饱满而膨胀的。他有一个男人最完美的身体，这样的身体无论是隐匿于我钟爱的藏蓝色风衣里，还有以本真的姿态呈现，都是无懈可击的。即使无须附加他包裹在身体里的心，陷落我这样一个女子，亦是轻而易举。

不狂躁和急于释放，沈家明始终在有所等待。我能感觉得到，他以一种不可思议的耐性，等待和守候我身体一点点最微妙的变化，在我渴望时热烈地碰撞和靠近，在我放纵过后微微疲惫时缓缓地轻柔地撤离。

等待我再一次，以呼吸和目光，以身体的潮湿索取。无关于内心，只是最原始而纯粹的快乐和幸福。

一次又一次。

他始终没有释放自己。

"你快乐吗？家宁你快乐吗？"

沈家明轻轻吻着我的呼吸，我的肩胛我的胸口，到处有他湿润的吻痕。

我在黑暗中像一朵次第开放的花，展开的笑容并不是绚烂的，而是隐隐带着疲惫的幸福感。我不知道沈家明看不看得见。但是我可以看到他的眼睛，他的眼仁儿里面那种纯净的光泽，像我年少时喜欢过的夜空中的星星。我喜欢它们的晶莹。

离开沈家明的身体，并不感觉空洞。过程是缓慢而不规则的，延续了很长时间。唯一的一次，我不能用感觉来认可我身体的感受。我更喜欢说似乎盛开，如层次繁密的花，那种开放不是突然迅速地完成的。事实上它是缓慢的，一点一点挣脱着空气的包围，一个花瓣一个花瓣地舒展，慢慢开到极致。

在很多个刹那间，我身体的盛开掩盖了我内心的全部。抵挡了这么多年来，我所有经历过的一切，让我觉得我是第一天来到这个世界。没有欲望也没有遗憾，没有伤痕也没有疼痛。只有纯粹的安全和温暖。那些瞬间里世间空无一物，过去不曾存在，未来无需眷顾，什么都是不必在意和追逐的，甚至无需想象。瞬间缔造永恒，那是这么多年我身体澎湃的极限。不是单纯的两个身体和两颗心就可以完成的。

这种完成与身体和心根本无关，不属于语言。

在沈家明的身体里面，我什么都不怕，我的心坚强而饱满。在那个我即将告别的夜晚，在一个又一个瞬间，我跟着沈家明，飞去生命的天堂。

他在那个夜晚，用他的身体语言，将我过去所有的伤口抚摩了一遍，我感觉到它们在他的抚摩下迅速复原、消逝。那种力量，美轮美奂中带着不可解释的诡异和神秘，像一种花。

可是我不知道，什么花才具有那种神秘而绝美的姿容。后来在邮件里，我这样告诉沈家明的时候，他说："如果那种花真的存在，那么，它该叫做曼陀罗。"

是一天以后了。而在我想象的时候，那个夜晚，还没有过去。

5

几分钟后，我微微动了动荡后渐渐平缓下来的身体，慢慢退到沈家明的怀抱里，以背抵靠他的胸口。他用手臂裹住我，我的整个身体蜷缩在他温暖的怀里。

真的是温暖啊，是我每一次感受疼痛时拼命寻找的那种温暖。安全的温暖，像二十七年前在母亲的子宫里。我知道那时候，我正是以这样的姿势存在。那是我生命所有的从前和以后的岁月中，最最安全的时光。

那样短暂。

白色的窗帘忽然透过了一道光亮，在黑暗的空间中滑过去，迅速消失。楼前隐约传来泊车的声音。夜是寂静的，在隐约的声音中，那种寂静更加的立体。

沈家明腾出一只手抚摩我的发。我闭上眼睛，谁都没有说话。

这个世界上的人，在一起时好像总在不停地说话。说话是因为彼此还陌生，真正熟悉了，语言和表白都是多余的。

思维也是。

在沈家明的怀中我想不起任何一切，所有人，所有经历过的事。不觉得这是对过往，对几个小时前还在坚持的感情的背叛，更不觉得是对未来的透支。

什么都不是。重要的，是我和他在一起。我们是与这个世界其他一切无关的两个人，一个独立体。我们只同对方有唯一的关联。

即使那种唯一，只在某个瞬间，只在一个夜晚。

我心满意足。

轻轻张开手来抚摩沈家明干净的微笑："是的，我很快乐。"

然后我睡着了。我好像是做了一个梦，却很快醒过来，沈家明在我们已完全适应的黑暗中看着我，他一直在看着我。

没有睡。

我发现我只睡了短短的几分钟，非常短，却完成了一次睡眠。

我醒了，寻找他的唇。他的手指从我的肩背滑下来。

身心的渴望不可思议地，再一次没有丝毫减退地卷土重来了。

6

那个晚上，除了短暂的休憩，我们始终没有停止身体的纠缠。我并不知道一个三十五岁的男人，通常怎样处理自己的身体。沈家明做到了极致，不可想象的极致。

真的不是身体和心，不是爱情可以解释的。

窗帘中再次透过的，是太阳出来之前的亮白的光。那种光亮散布开来，不再消失。

一切依旧在继续，我是沈家明的海洋中，像一条不知疲倦的鱼。在我的不太大的屋子里，到处充满暧昧的气息。

直到太阳升起。

很奇怪地，直到黑夜过后的最后一次的欢爱，沈家明也没有释放出自己。他在我身体最后一次快乐的战栗中，静静地停止下来。

"为什么要忍耐着？为什么这么对待自己？"

"你是一个不懂防备的孩子，我不想用我的放纵伤了你。有些伤，对你这样一个女子，不可以重复，一辈子都不可以。"

"可是这样你快乐吗？"

"有时候有一个人快乐就可以了。告诉我，你的身体是快乐的吗？"

他看着我的眼睛。

我伸出手，用手指盖住了他的目光。

鱼在海洋里，它是不是快乐的呢？

我看了看墙壁上没有被摘下的挂历，时间显示着十一月二十六日。星期三。

那本漂亮的挂历，我不打算摘下它了，即使这一年已经很快要过去。

日期的下面几行黑色小字：宜出行，嫁娶，移徙。不宜除服，栽种，祭祀。

我笑了。

仅仅是一天的时间而已。

一天吗？怎么会是这样地冗长和动荡，犹如一个过了世纪。

第七章

你的一生我只借一晚

1

沈家明走后，我在阳光下静静地躺了很长时间。冬天的阳光干燥温和，缺乏强烈感。我没有丝毫的睡意，整个晚上，几乎未眠。

也并没有真正的疲倦，相反，阳光下，我的精神是充沛饱满的，一如沈家明给我的感觉。我的身心，都正沉浸在干净的温暖中，不肯走出来。

想多停留一分钟，再多一分钟。

约好搬家公司的时间是十点钟。还有一点早。沈家明赶了早班的车回去上班，我没有起来送他，他离开前探下身吻了吻我的额头。他说："你知道不知道自己像哪一种动物？你的前生必定是一只猫。"

"多好啊，我有九条命呢。"我笑。

他拍我的脸："我宁肯你是一只贪吃贪睡的小猪猡，不要有猫那样的孤单，不要有猫那样的眷恋。"

"我还是想做一只猫，因为它漂亮。"我缩在被子里，身体微蜷着。和许可一起的冬天过后，我总是在睡觉前弯曲起我的身体。其实只是某个夜晚，我选择用这样的方式抵挡疼痛。

身体不再疼的时候，心里还是害怕，依然蜷曲着。慢慢成了习惯。

"那以后我叫你馋猫吧。"他逗我。

他是真的想我开心吧。

"我很贪婪吗?"

"我宁愿如此。宁愿你贪婪,仅仅贪婪,只要你快乐。"沈家明不笑了,我听到,他很轻地叹了一口气,弯腰塞了塞我的被角,转身离开。

没有说再见,没有说再不再来。

2

两个小时后,我起床,用冷水洗了洗脸,把椅子搬到阳台上,享受这个阳台透过的最后几十分钟的阳光。

我留恋它。

中间沈家明打了一个电话过来:"别为那些身外之物费太多心思,别累了自己。有些东西坏了就坏了,真的喜欢,可以重新买来。"

"重新买的就不是过去的那一个了。"

"其实是一样的,只要你不去想,真的是完全一样的。外观,质地,或者视觉。有些事情是因为想象而无法放开。"

"沈家明你一定要不放过我吗?"

"我留在这里的时间已不多,能改变你多少,就希望改变多少。"

"我知道,可是……再见。"

我站起来,我愿意我和他之间拥有的,永远是沉默的交融。那种感情我不想定论,或者是爱,或者是其他,只用纯粹的身体表达,又在身体之外。

我不相信我是可以被改变的。我不相信。

3

用了整整半天的时间，我从一片凌乱中转移到另一片凌乱中。搬家公司的人只负责把东西送上楼，剩下的事情，自行处理。

看了看，没有头绪，需要一点点地梳理。我想让感觉没有明显的改变，把过去的东西，放在过去相应的位置。

房子还好，小区的环境也还干净，有完善的物业管理。房屋装修过了，纯白色的地板和墙壁。有些遗憾的，是只有一个房间是南向的，选择做了卧室，客厅的光线就略显阴暗了。阳台也小一些，有一点狭窄。还好，阳光依旧可以透过来。

很意外的，房东竟然也在。那个男人姓韩，三十岁了吧，有一点沉稳，也很英俊，不是太爱说话。我搬来之前，很细致地打扫了他的房子，使得四下更加纯白。我拿着那些凌凌乱乱的东西进来的时候，他正在检查水管的一处，好像有些漏水。一个四岁左右的小男孩儿在屋里走来走去，不停地叫他爸爸。

是韩的孩子。

我放下东西的时候，那个很小的男生蹲到我面前好奇地看我，还忍不住地伸出手，试图抚摩那些玻璃器皿。

"旺仔，别乱动姐姐的东西。"韩在一旁说。

原来小男孩儿是叫旺仔的。

我笑："小家伙，你是不是爱喝旺仔牛奶啊?"转头朝向韩，"没有关系的，不过，他好像应该叫我阿姨的，对不对?"

他有些不好意思地笑："他很调皮，这几天有点感冒，不肯去幼儿园，就从早到晚地跟着我。"

韩对孩子那种嗔怪是幸福的。

我摸摸旺仔的脸，站起身来："您把租金收了吧。"

韩好像有些慌乱："不着急不着急的，我把水电都弄好了再说吧，以前这里住了两个男孩子，弄得挺糟的。"

我把钱拿出来，数了数递给他："收下吧，我都装了好几天了。"

韩掏出手帕擦了擦手，我有些好奇地看着他手中白色的手帕。这个年代，用手帕的男人已经很少见了。然后他把手帕重新叠好放进裤兜，把钱拿过来装进另一个裤兜。没有再数，向我要纸和笔打了收据。

韩写一手好看的字。利落，笔画有力，字体柔和。这种成型的字看起来好像陌生了很长时间了，看到的都是被电脑处理过的漂亮而整齐的字体。我看了看末端他的署名：韩正阳。

很像他的人，正午的阳光。

4

一切的物品渐渐按照曾经的位置恢复，恍然地，有不曾改动的错觉。地板被重新清理过了，我坐下来好好喘了口气，才发觉窗外已是逼近黄昏。

一天后的黄昏。

一个住所其实很容易从一处转移向另一处。一个人呢？一个身体呢？一颗心呢？

琐碎的忙碌隔开了想象的空间。坐下来的时候，在淡淡的光线里，沈家明干净的面容，晶莹的眼睛慢慢逼近过来。恍然交错浮现的还有翅膀的长发，刻画着风霜的脸，和身体中苍凉的气息。

他们相互抵挡又相互隔断。

我茫然地站起来。我要出去走一走，看看附近的环境，我不要再继续这样坐在黄昏里。

5

在小区的草坪处站了片刻。草是冬天枯萎后的颜色，没有人在其间嬉戏。一些放了学的孩子在楼和楼之间并不宽敞的空地处踢球，喊叫着奔跑着，快乐而不知疲惫。

每个人年少时，都有过这样单纯的快乐吧。我忽然发现我好像是长大得太快太早了，在林黛玉"寒塘度鹤影，冷月藏花魂"的诗句里，在苏轼"转朱阁，低绮户，照无眠。不应有恨，何事长向别时圆……"的词赋中，在"化蝶"和《罗密欧与朱丽叶》如杜鹃啼血的故事里，在我年少时喜欢的美丽的数学老师，某一个夜晚从高高的楼上飞身坠下的身影中……我飞快地长大了，过早地远离了童年那种也许只要奔跑就可以满足的快乐。

我觉得我是被迫的。被我自己和这个世界所强迫。也有很多孩子和我一样，在年少时碰触那些东西，可是他们的成长始终正常。

是我自己一开始就不是和别人一样的孩子。

一切没有办法改变也没有办法重来。谁都无能为力。

黑白的足球从前方滚到脚下，我挡住，踢过去给一个看着我的英俊的小男生。他熟练地用脚接起来，朝着我笑了。他有干净洁白的牙齿和纯净的眼神。二十年后，他会成为一个英俊的男人。不知道他的心会像谁？许可？翅膀？沈家明？还是那个沉默的，略显慌乱的，喜欢用手帕的韩正阳？

我独自暗暗地笑了。

韩正阳走的时候，站在阳台上告诉我朝着哪个方向，有一家很小但很齐全的便利店，二十四小时营业，可以买到日用品、蔬菜和水果。"价钱也公道。"他这样说，"便利店旁边是

'爱书人'音像社，音像社对面有一家书店，出售正版图书，价钱可以打到八五折。"

我谢了他，他做的已经太多了。因为他，我已经开始喜欢这个地方了。这是个好心的安稳的男人，还有些男人是极度自私和刁钻的，或者平庸。随处可见。

我顺着他指的方向走了一会儿，看到他说的那家便利店。很大很宽阔的玻璃橱窗，里面整齐的物品一目了然。也可以看到收银的女孩子侧面的脸，她穿天蓝色的工作服，那张脸因为年轻，有隐约的青涩感。

旁边是连锁的"爱书人"音像社和那家叫"小小"的书店。

"小小"书店真的很小，但是书很多，占据了整个屋子的空间，比我想象得齐全。我在窄窄的两排书架之间的通道中穿行而过，拿了一本亦舒早年的小说《圆舞》走出来。

亦舒早期的小说我几乎都看过了，只有这一本，在我收集的她的整套书中是遗漏的，当时书店没有了。在其他书店找了找，也没有找到。我知道有些东西，当你不再找的时候，总有一天，它会出现的。

一直喜欢这个女人，喜欢她朴素干净的文字，和淡然之间张显的疼痛感。在所有的故事里，她愿意把生活和感情处理到最淡。可是就在那种淡薄中，到处都隐藏了生命的无奈和悲哀。我不知道别的人看不看得到。

真的是这样。

6

走出书店的时候，天已经完全暗下来，城市冬天的夜晚总是这样早早地逼近了。我继续前行，回头看了看来时走过的路线。还好，是笔直的。没有什么弯折。

我天生没有对方向敏锐的辨别力，在陌生的城市或地段，非常容易迷失方向，找不到想找的路。可是我也没有办法。

走了几步，看到一家叫"青藤"的网吧。网吧门的两侧，有几乎乱真的青藤装饰制品。里面透出的灯光很好，不同于其他网吧的阴暗。那种阴暗只远远看过去，就已不舒服了。

韩正阳还告诉我，电话和宽带都要过几天才能装好。我想起初他没有在意这个问题，后来他看到了我在摆弄我的电脑。

有几个邮件是需要收的，我顿了顿，走进网吧去。因为收邮件，因为想消磨一些时间。

人并不是太多，也许时间不对，那是大多人吃晚饭的时间。

机器是新的，键盘的字符干净洁白，还没有很多手指敲打过的痕迹。

信箱里平常地躺了几封邮件，OICQ 上有简短的留言。多是稿件处理信息，别人对于我，我又对于另外的人。只有北京的朋友心舟的信是问候和随意的几句话，她说：北京忽然下了一场雪，我开始缩在家里拒绝外出。从小时候起，每一个冬天我都希望自己是一条蛇，可以进行一场美丽的冬眠。

我笑，我实在和她有共同的愿望。文字把很多女子都弄得无法好好安置自己，包括安置最简单的生活。异想天开地不快乐，疲倦，渴望放弃。

信的附件是一首歌，我看到名字：《你的一生我只借一晚。》

就这样几个字，我有些茫然地看着，知道是可以听的，机械地拿过旁边的耳麦，点击附件，原位置打开。一个略微沙哑，带点撕裂感的女子的声音，忽然就划了过来。

外面的街上有车不停穿行，四周好像有无尽的嘈杂，歌曲开始以后，我就什么也听不清楚了，那种小仪器根本无法抵挡四处的凌乱。我听不清楚任何的歌词，只呆呆地盯着屏幕上跳跃的宝蓝和翠绿色的清晰画面，听着她自始至终在音乐里轻微撕裂的倾诉。然后我听到了最后的反复："你的一生我只借一晚……"

断断续续，断断续续地低落下去，消失。

你的一生我只借一晚。

刚刚过去的夜晚就这样前尘后世般地席卷过来，想着沈家明离开的时间已不远，我忽然想放声大哭。

可是我忍耐着，那种忍耐让我有熟稔的残酷的窒息感。我无法知道那种窒息感从何时何处而来，可是每一次来的时候，我都没有力量抵挡。

只能承受。

我飞快敲打键盘，删除了一些信件，也给所有人回信。通常不是这样的，不是这样形式化。我只是想做点什么，什么都可以。我想用打字杂乱的声音覆盖些什么。

手机在贴近我身体的位置缓缓震动。我停下手拿出来，彩色的显示屏上出现的是沈家明的号码。那个号码，留在我离开的一面墙壁上，走的时候，我没有擦去。

信号的缘故，他清澈的声音里夹杂一些沙沙的隔音。

"你在哪里？你安置好自己了吗？你吃饭了吗？"他说。

"在网吧，安置好了，还没有吃饭。"我按照顺序回答，一边努力试图笑一笑。

"可是应该吃晚饭了，你不要继续吃速冻水饺或者叫外卖了。你还记得那天我们去唱歌的地方吗？离那里不远，有一家面馆，叫'齐妈妈手擀面'，我觉得你会喜欢吃。有西红柿鸡蛋面、辣椒肉丝面、炸酱面，还有海鲜面……"

就在他缓缓的柔和的声音里，我将手机从耳边拿开，不再说任何的话，收了线。然后关机。再然后抬起右手放在心脏的位置，一点点，一点点弯曲下我的身体。

我的心脏有点奇怪的不舒服。不疼，却异常酸涩和压抑。

7

那天晚上我没有再开机，也没有因为心脏不舒服就很快离开网吧。我弯曲着身体片刻后，管理网吧的戴着眼镜的男孩子走过来，他递了一杯水给我，小声问："你怎么了？不舒服吗？要不要喝杯水？"

我抬起头，那个男孩子也许不到二十岁，镜片后的目光是诚恳和善意的。我把水接过来："是的，我有点不舒服，不过没有关系，会好的，喝杯水就会好。"

然后真的好了一些，当杯子中那些带着温度的水滑入我的身体以后，我的心渐渐平静下来。重新坐直身体，想了想，打开我唯一熟悉的一个音乐网站。

没有那首歌。我不知道究竟是谁唱的，那个有着微微撕裂声音的女子是谁。我没有找到。坐了片刻，我进入本市当初和沈家明邂逅的聊天大厅，以过客的名字登录上去，我问某个房间在线的一百五十个人，我说："谁能告诉我哪里可以找到这首歌吗？它的名字是《你的一生我只借一晚》，谁能告诉我吗？"

好半天没有人理我，通常习惯于某种氛围的人，都不太喜欢过客。即使在网络中，彼此也希望可以久远一些。

后来终于有个人出现，他叫"江枫渔火对愁眠"，他说："你说的那首歌我不知道，可是你的一生，我却想借上一晚。"

我失望了。本能地，也忘记了应该问一问将这首歌传给我的人。好像也没有什么理由让我要求她，把歌词找出来，让我看一看。我们平常不是这样的。我只是觉得失望，甚至没有退出聊天室，站起来朝外走去。我知道不会有人在意的，在意一个过客来或者走。

戴眼镜的男孩子笑着和我告别。走在回去的路上，我数自己的脚步。我害怕我会哭。

很多天后，我在网络中搜索出那首歌来，我知道了唱歌的女子叫吴遥，我也看到了那首歌完整的歌词：

> 你有长长的一生短短的爱情，
> 你说长的一生留给你爱的人，
> 那么可否借一晚我的柔情，
> 给爱你的我，借来一晚爱情温暖的传说，
> 就当我的日子续前缘的错过，
> 你长长一生给得起的，就这么多。
> 你的一生我只借一晚，
> 眼光迷乱誓言也赤裸，
> 不管长夜如何天亮又如何，
> 我想要的你就这么多……

这么表达，让我看到的时候，感觉到窒息。

8

那天晚上，我再度失眠。

好像从写字开始有了失眠的经历，尝试过很多方式：吃安定片、用睡宝、数绵羊数山羊。始终无效。失眠像是一种顽固

的生理现象，不定期，可是总会出现。开着灯或者关着灯都是一样的，都不能够改变什么，即使思维一片空白，睡眠也不会主动找上门来。

想起昨天晚上，某一次的过程中，沈家明忽然轻轻地说："你的眼睛里，已经有沧桑了。"失眠让那种沧桑，开始以最真实的方式逐渐蒙上我的面容。不会只在眼睛里。

我想着，在黑暗中摸了摸我的脸，没有发出声音，知道自己睡不着。不只因为地点的更换，更是因为相临的两个夜晚，一切如此不同。

是不是我的一生，沈家明，他也只想借一晚？而从此，他不会再出现？

打开手机看了看时间。

将近午夜了，一分钟后，有一条接一条短信提示的声音，接连响起来，一直响一直响。我一条一条看下去，一共二十四条，连在一起，是一封并不太短的信。

沈家明说："女子，忽然想这样称呼你。看你的小说，美之中夹着一些凄婉；看你的信，让我疼惜。你不是个孩子了，可你还不是女人。所以称你女子。

"爱这个字眼，对已经在婚姻中走过十年的男人来说，有些太过凝重了，也不真实。说喜欢吧，说疼惜吧。其实更多的是疼惜从文字中透出的你。所以喜欢看你写的字。一直隐约盼望，现实中的你，不是你笔下那个容易绝望的女子。可是我终于知道，你是她，甚至从你的身体里透出的你，也完完整整地是她。

"我真的宁肯你平庸，也愿意你快乐。我希望你能生活好一些，更好一些，再好一些，远离你用感觉构筑的情感世界。我害怕你一生会这样走下去，爱着不可能的爱，没有归宿。

"对于生活而言，那是一种荒芜和残缺。

"我不愿意你残缺。哪怕并不完美。

"也许是一种贪心，可是我还是想向你要个承诺，要你承诺：在用心生活的前提下，尽量让自己快乐。这也是我唯一需要你向我承诺的。即使我们，注定在生命的长河中匆匆擦肩而过。即使你已经记不起我的面容。可是我想要你的承诺。

"承诺快乐。

"明白吗，女子？"

我的眼泪终于掉下来，我忍耐了整个晚上的眼泪，终于簌簌而落。

第八章

这样的欢爱，一次是药，两次是贪婪，三次是毒

1

第二天早上，我一条一条删除了沈家明的信息。没有再看，我害怕它们还是会让我在瞬间泪流满面。

沈家明说我，总是在逃避着什么。

那么就逃避吧。

是大约三点时候才睡过去的，好像太累了。算起来，已经有接近四十个小时没有睡眠。并且那么多的事情发生。沈家明的出现，搬家，一首突然在信箱跳出来的歌……我终于疲惫。

醒的时候已过了上班的时间，想了想，干脆不过去了。

有些厌倦工作了。

两年以前曾经想过辞了职回来写字，没有能成。不是担心写字养不活自己。如果不苛求，生存可以是简单的，我喜欢喝白开水，一个人的时候吃清水面条或者是速冻水饺。我不化妆，不用香水。不会穿品牌过于响亮的衣服。也不做皮肤护理，不去特定的场所健身。CD 和书即使正版，有些地方也可以打折扣，并不算贵。唯一奢侈的嗜好是偶尔外出，跟规模大一些的旅行团，去一些想去的地方。有时也一个人出去，手中稍微有点钱的时候，坐飞机来来回回。但更喜欢火车，非常喜欢。喜欢坐在火车上听着车身和铁轨摩擦的咣咣当当的声音。

会有种踏实和满足感。更喜欢午夜经过一个不知名的小城市，看着窗外如豆的灯火，那时候有人睡了，有人安静地下车离去。只剩下你自己，和外面的世界静静对视。然后火车再次开走，开向下一处灯火的所在。太美好的感觉。所以大多时候，选择坐火车出行。便宜而幸福。

租房子。

只是这样的。这是我的生存，实在消耗不了太多。

最后没有决心辞职的原因，是因为翅膀。那个作者后面有着他的名字，斜上角编辑一栏有着我的名字的，一个小小的方寸之地，是我和翅膀唯一的关联。

是疏远的，也是亲密的。没有别的人可以代替。所以又继续了如此长的时间，我承担着一份工作的繁琐和委屈，只为了把同翅膀的这种关联，一直保持下去。我想过如果我名字的位置换成了别人，我会嫉妒的。

我这样做，我对他好，我付出我的身体，是因为我爱他。

我爱翅膀，已经伤感地爱了一年还多。

昨夜，沈家明把我的爱碰撞了一下，一下就碰得面目全非。一下就有了破碎前的裂痕。让我再次怀疑我根本是薄情的。可是我怎么办呢？即使薄情，我也流下了薄情的眼泪。

在我的眼中，在我的身体里。

我只能原谅自己，一切不是我处心积虑追逐而来的，它是自己走过来，一下子就走到了我身边。而翅膀，却已经走出去太远。

在被子里躺着，张开的眼睛有微微生涩的痛感。我真的贪恋不用早早起床赶班车的日子，我向往着另一种自由。可是谁都知道，自由的代价是孤单。

我不知道孤单和被迫的应对，哪一种更痛苦，只是这个早上，我的心一点点有了撤退的愿望。我想退回来，退到这个小小的空间里，这样我将不再害怕失眠。我不用再听任何不生动的声音，无须在领取每月生活费的时候，朝着那张不喜欢的面孔微笑。

我舍不下的只是翅膀，即使那种不舍已经被沈家明撞得东倒西歪，但还是在心里一荡一荡地。不过这一天，我决定把自己私下交给自己了。

我没有预感，所有我决定了的事情，或者我想要决定的事情，其实都在按照它们自己的规则前行。比如和沈家明的相识，比如我想要放弃的工作。

其实在有意念时，契机都已不动声色地出现。

只是这时候，我不知道。

2

两天前发誓不再添加任何的物品了，起床后在超市穿行半个小时之后，还是带回了一些东西：可以直接粘贴的挂钩，一个三层的小储物箱，一些日用品。

有时候喜欢在那种很大的仓储式超市的货柜中穿梭，因为能感觉到生存的安全。然后带很多东西回来。书上说，这样的人事实上是没有安全感的。

或者说寻找安全的人，是因为没有安全感。

也许是真的。可是寻找的人，自己不会分辨。

走出超市的时候沈家明打了电话过来，我接起来。他的声音很平和，没有问我昨天晚上为什么忽然挂了他的电话，没有问我有没有收到他的信息。他说："我去看看你，看看你新的房子。"

而我更想看看他，一刻不停地想着。

拎着两个很大的超市浅黄色的袋子在路口等他，半个小时后，一辆出租车在身边停下来，看到打开的车门，看到黑色的整齐的裤脚。

我弯了一下身体，眼前忽然爆满大捧缤纷的拂朗花：桃红、玫瑰红、火红、粉红……层层叠叠，深深浅浅，都是可以点燃冬天的红。

这是我喜欢的一种花，我还喜欢春天开在街头的纯白和淡紫的玉兰花，我喜欢它们开在枝头，而我喜欢拂朗开在我入梦前的夜晚。

写过这样一篇文章，叫《只爱拂朗》，在夏天的时候。

我这样写：这个漫长的夏天，我的房子里，一直盛开着艳丽的拂朗。开了整整一个夏季。它们开在窗台开在屋角开在电脑旁边，甚至开在洗手间的镜子旁。

多是火红、玫瑰红、橙子红、桃红和粉红的颜色。使得这整个夏季，始终缤纷热烈，生机勃勃。

这样一朵一朵形状简单的拂朗花，我再也没有见过还有什么花比得上它的美丽。

一直以来，不是个和鲜花有缘的女子，因为这么多年，始终连自己都侍弄不好，更不要提那些脆弱的，需要精心呵护的花朵。

有爱情的时候，先告诉对方，不，不要送花，不要玫瑰不要百合也不要勿忘我，情人草就更加不必。因为，我不觉得它们美丽。玫瑰有着太多矫情的成分，带着刺，我不喜欢。百合太过轻盈，那么脆弱的颜色夹杂在那样的绿中间，觉得一碰就要凋零了，我呵护不起。勿忘我的紫和水红那样寂寞，情人草的纤细那样单薄……

所以一直就没有花。唯一的一瓶是躺在书橱玻璃内的干花。是被凝固被定格的花的生命。

一切缘于这个夏天，城市里忽然地有拂朗泛滥。真的是多呢，花房花屋包括街头的拐角处，随处可见那种颈项很长，一朵朵单一开着的拂朗花。各种颜色，都渲染到了极致到了彻底。

无端地觉得它们，原来是那样地美。走在街头，问一个卖花的女子，她捧起一捧给我，说："最好的，每枝两角，其他的，每枝一角。"

便宜得没有了道理，这不该是鲜花的价格。我诧异。

她笑："去年，拂朗很是抢手很是昂贵。所以种的人多起来，于是就太多了，花期又赶在同一时间，所以就这样了。"

呵呵，想起一句话：旧时王谢堂前燕，飞入寻常百姓家。

便宜得不买都于心不忍，何况，它们真的美丽啊，胜过玫瑰，胜过百合，胜过花瓣层叠的康乃馨，胜过我见过的任何一种鲜花。我喜欢它们的花瓣，是整齐、简单、柔和的椭圆。一粒粒把空间填满。

而且，卖花的女子还说："很好照顾的，一掬清水，便可以存活七天。即使败了也不显萎靡，不像其他的花，会从花瓣开始一片片凋零。拂朗若开到尽头，也只是略显陈旧而已。"

这样的生命啊，我的心为之一动。

那天起，屋子里开始盛开拂朗。看着它们长长的如天鹅一样的颈项，高高仰起在花瓶的顶端，顶出那样颜色透彻花瓣旋转的美丽来。我总觉得看着它们，就可以把生命忽略掉了，连爱情都可以不要。

因为拂朗，竟无端地也成为一个和花有感情的人。

拂朗不是很香，味道极为清淡，也真的如卖花女子所说，即使败了，也不显萎靡，顶多色彩陈旧而已。水只是一掬，换不换都很随意。这样美丽而简单，如果爱情是这样，我想一定可以天长地久。

那日忘记了问，拂朗代表着什么。忘记了，就再也没有想起来去问过。只是慢慢地会想，如果有一天，一个男人愿意拿着九十九朵拂朗花站在门前，轻轻地问我："愿不愿意嫁给我？"

愿不愿意呢？我大约会笑，笑着静想三分钟，抬起头说："嫁。"

3

我记得这篇放于某杂志"物质女人"一栏内的文章。我算不得一个物质女人，偶尔地也边缘地钟爱一些什么，以为心情可以因此灿烂。记起最后一段的最后一句话，看着沈家明，我心虚地笑了。

"不是巧合，是我看过你写的一篇文章，叫做《只爱拂朗》。那是唯一的一篇文章，很短，但我感觉到，你是热爱生活的。家宁，有时候你在撒谎。"

我的脸瞬间绯红："只是文章，沈家明，我怀疑你一直是我的读者。"

"是，但不是一直。在你发给我第一篇小说之后，我用可能的方式找了你所有文章。你的信箱注册出卖了你的名字，所以很容易找到。"

"我不想同你争执，什么都不想。"

"那么你可以选择听话，不过你要用心。"沈家明抱着花跟我进入小区的大门，跟我左转回家。

隔了一天后，我再一次，带他回家。

一直不想说这样的住处是家，可是因为沈家明，我愿意认可下一次，或者再一次。

花真的太多了，没有合适的器皿可以装下，沈家明从厨房拎出一个白色的小桶，将花散散地放在里面："我记得你说，它们开满你的视线，甚至洗手间的镜子前。"

"沈家明你的记性过于好了。"

"记住有些东西，是不用很努力的。"他将花处置好转回身："今天我请假了，我想教你做菜。"然后走进厨房，"看一看需要什么，我们出去买。"

不是这样的。我看着沈家明的背影。他的身形未变，依旧穿了那晚的毛衣。可是分明不是的，分明地，他不再是那晚的男人。他应该走过来，走过来拥抱我，应该没有语言，只有视线。

4

沈家明在厨房里把那些物品弄得丁当作响："你的生活比我想得更加简单，真的过于简陋了。家宁，你不可以这样对待自己。你应该学会很多东西，至少学会做饭，学会做个在厨房里唠叨的小女人。"

我站着没有动。

忽然之间，所有的感觉都被隔断了，我感觉到断裂处的伤口。直直地，太清脆了，连缓和的过程都没有。

忽然之间，一切无法再继续。在玻璃的敞口处看着沈家明，我怀疑两天前的那个晚上，什么都没有发生过。

可是什么都没有发生吗？昨天晚上睡觉前洗澡的时候，我看到他右侧的肩胛处，有着一朵朵蝴蝶一样的吻痕。什么都没有发生吗？那种汩汩流淌的爱和欲望的交融，分明已经没有什么可以抹得去。

我冲进厨房，在身后抱住了他。

"沈家明。"

沈家明停止了所有的举动，不再说话。他任由我在身后拥抱着，越来越紧，越来越紧。

终于我的力量开始丧失。感觉到沈家明的身体内，散发出一声冗长的叹息，他抬起手来，握住了我纠缠在他身前的手指。

他的手，始终不变的温暖。

我的手在他手中松懈下来，疲惫地垂下手臂。

沈家明回身，用手指掠开我额前的发："不可以，家宁，我丧失了这种勇气。在我看懂你的身体以后，我害怕这样的欢爱，对你，并不是享乐。我害怕于你，一次是药，可以抵挡疼痛。两次是贪婪，可以满足内心的脆弱。三次会是毒，可以伤及你的身心。我害怕这样。如果你的身体折射出的，是另外一个人，我不在乎我们以怎样的方式继续和分离。你要知道，在这个城市，我一度是孤单的，寻找过任何意义上的相处。面对孤单，每个人都是脆弱的。这也是我不想你孤单的原因，我怕你为了抗拒它不停地伤害自己。我一直不想在这个城市留下什么，牵挂或者情感。因为知道自己终究会走。游戏，我可以陪任何人做下去。可是家宁，我还是碰到了你，你不是任何人，你是我心里疼着的女子。在你没有出现的时候，那种疼惜已经存在了。"

我低下头来。

"我不要你饮鸩止渴。家宁，我永远不要你如此，我宁肯你为病痛磨折。我怕这样终究会彻底毁了你的健康。这不是我想要的，我想要的，是你快乐地生活着。"

"你可以从现在起，在我生活中消失。"我抬起头看他，我的眼睛已经一片模糊。

"我不要，我并不放心，你有很多东西都还不会，很多事情你还在一意孤行。"

"可我们最终，还是彼此的过客。"

"我并没有尝试过以这样的方式对待一个人。家宁，我能告诉你的是，我从来不曾这样疼惜地对待过一个人的身体，也从来不曾这样疼惜地对待过一个人的生活。我想试一试。我不明白，也许前生，家宁，你是我遗失的一个亲人……"

我的眼泪落在沈家明的手上，我仰起头来："昨天晚上，你给我打电话的时候，我正在努力听一首歌，可是我怎么都听不清楚歌词，那首歌的名字叫《你的一生我只借一晚》。我们也是那样的吗？"

"可是有时候，一个晚上，足以借掉一个人的一生。"

"沈家明。"

我再一次呼唤他的名字，他将我拥抱。

长久地拥抱，然后他缓缓松开了手："来，猫，我们出去买你爱吃的青菜。"

第九章

他的背影真好，挺拔、笔直，是我见过的最完美的男人的背影。让我想依靠

1

在我熟悉的超市货架中穿行的时候，有很短的时间，在两排货架之间，我停住了脚步。想了想，竟然没有和一个男人一起在超市中走过。我习惯了一个人一件一件朝着手推车里丢东西的情形。我和男人之间的感情，始终地，没有搁置在生活中。

相爱，以心和身体。也一起看电视听音乐或者吃饭。没有现实没有未来。始终是拒绝的，拒绝把感情散发出来，无法想象爱一个男人，要当着他的面做很多琐事。只有沈家明这样对待我，他坚持要我生活好一些，更好一些，再好一些。

可是，生活是什么？爱又是什么？

生活是柴米油盐？是水费电费电话费？是租房买房讨价还价？还是拿着钱换一些东西，再拿另一些东西换钱……而爱，应该是《东京爱情故事》中，在最后的东京街头，莉香看着一个女人弯下身来，为自己当年心爱的男人完治系鞋带时，站在不远的地方，微笑着疼痛。

我知道系鞋带的女人过的是生活，孤单的莉香迷恋的是爱。

我一直坚持着后者，因为我连自己的鞋带都系不好，我更不要给别人系鞋带。

　　也常常地，在这样的超市中，看到一家三口温暖平和的笑容。男人在前面推着手推车，女人在很近的地方跟着，他们的孩子，男孩儿或者女孩儿，在小推车中左顾右盼，流露着天真的好奇和愿望。男人也许是衣着整洁，也许是穿随意的衣服和拖鞋。做了母亲的女人，眼神里永远是与世无争的平静，所有的视线，都给了丈夫和孩子。他们会在一些商品前停留很长时间，比较价格，或者产地。偶尔，女人也会嗔怪自己的孩子，阻止他拿一些不在计划之内的物品，可是最后，却还是满足了那个还不懂得生活的孩子。

　　看到这些的时候，心也是温暖的。却不知为什么，总能想到背后的很多东西，想到那个女人，因为沦为了妻子和母亲，每天絮絮叨叨，琐碎不安。而那个丈夫，谁又知道呢？在最初爱着的女人因为婚姻而平庸，在有过的海誓山盟也淡漠以后，他心里爱着的人，已经换成了谁和谁？

　　而我身边的沈家明，当初，他爱过他的妻子吗？现在，他还在爱着她吗？

　　什么是永远的呢？

　　都会碎裂都会失去，最后的爱情，被荒废在一种婚姻的假象里。

　　我不要那种生活。沈家明，我不要。

　　他回过头来："你又在想什么？"

　　"我习惯一个人在超市里买东西。"我笑了笑，"你在，我没有目标。"

　　"你本来就没有目标。"他腾出一只手拖我，"可是现在我知道你需要什么。你需要一群小巧的锅，炒锅、电饭锅、煎锅，还有汤锅。另外还需要一些调味品，一些厨房里的用具。"

"我不要。下次搬家我会把它们都扔掉的。"

"你总是扔掉一些最不该扔掉的东西吗？如果我是你，就把那些瓶子都扔了。"他不顾我的反对，开始在厨房用具的货架上抽取选中的东西。

我不再说话，徒劳地看着他将手推车填满。

"家宁，我只想要你离生活近一些。"

"要我有一天，在厨房里为一个男人或者孩子煲汤？为什么？因为你也相信那句话，想要留住一个男人的心，要先留住他的胃？"我笑笑。

"留住他的胃也好。心是自由的，但胃不是，它没有思维。我是想要你自己善待自己。在生活中，在感情上。"

"沈家明你如此固执。"

"你也如此固执。"

"所以你改变不了我。"

他点头："但是一定会留下些痕迹。"

2

我没有想到沈家明会做菜，有段时间在电视里，偶尔更换频道的时候，我看那个叫刘仪伟的男人做菜，然后很多杂志这样说他：新好男人。

我有些悲哀。

我们买了一些青菜，我喜欢吃的那种很小的油菜，还有草菇。但大多时间，我没有机会吃到它们。他说其实很简单，真的很简单。

我不再辩解，对于我，简单的不是做一道青菜。

沈家明没有换下那件黑色的毛衣，它的标志牌显示它的价格不菲。青菜中的水滴和滚开的油碰撞出脆裂声时，有一些亮点星星点点溅出来，钻进他的毛衣中。他毫不在意地翻动锅里的青菜，他说："就是这样子，是不是很简单?"然后弯腰拿过旁边的碗："再勾一点芡，味道就齐全了。"

忽然想起一个故事，一个名叫凤凰的风尘女子邂逅一个男人，他们相爱，只是因为身份的缘故，凤凰始终对爱有所怀疑。直到有一天她生病了，想要吃鱼。那个根本不懂做菜的男人买了新鲜的鱼回来，按照菜谱在厨房里折腾了一个下午，然后端了一碗味道极差的鱼汤出来。

男人用期待的眼神看着凤凰喝汤的表情，凤凰看着男人那身价值过万的西装上，鱼的血渍，油的污渍。她的眼泪落在了鱼汤里。

她相信了，那份爱是真的。

我也相信了。

沈家明已经把菜装入透明的玻璃盘中。

3

第一次，我觉得住处的样子，有一点像家。那种有烟火味道的家。只是对面的不是我的家人，是沈家明。

"我怀疑你的来历。"我这样说，"你读的肯定不是工商管理。"

菜的味道很好，比我想象得好。

很多东西是我喜欢吃的，但不想为吃费时间和心思。也因此读大学的时候我非常瘦，不足九十斤。爱吃的人这样说自己：热爱生活。

生活? 我当真不热爱它吗?

沈家明笑："大学时，因为实在不喜欢吃食堂的饭菜，所以和同宿舍里室友偷着买了酒精炉，还有菜谱，自己学着做菜吃。时间长了，竟然也会了。"他说，"不过还是比较喜欢女人站在厨房里。"

"我不够女人对吗？"

"你不够会生活。"

他又一次提到这两个字，我住了口，站起来打开灯，外面的光线已经开始暗下了。

四十八个小时以前，我和这个叫沈家明的男人，在一所中途抛弃了我的房子里，以难以想象的生命状态做爱。四十八个小时以后，我们在厨房里做饭，然后一同吃晚餐。

心平气和。

一切好像不是真的。

然后他离开，在天色完全黑下之前。他说："我要走了，十分钟后，司机会在路口等我。"

他是真的要走，在来的时候就已经决定。

我没有说什么，把风衣摘下来递给他。

站在门边，沈家明叮嘱我："洗碗的时候记得戴手套，洗洁精会损伤皮肤……"

"你像我妈，我妈都已经不再重复这些事了。"忽然有些倦怠，这个男人，我真的情愿和他之间，永远不要掺杂任何关于生活的话题，我害怕伤害。

那是我没有过的一种夜晚，我害怕就这样丢失了。

"妈妈不能跟随你一辈子。"

"谁都不能跟随谁一辈子，沈家明，人本来就是孤单的。"

"所以，你要学会爱自己。"

"我很爱自己。"我终于发出抗议，"我是爱自己的。"

"你爱的方式有问题，你的爱，太多时候都隐藏着伤害。"

"非要柴米油盐的爱才够安全吗？"

"家宁我到底该怎么说，你在你的文字里走了太久了，你需要一些其他的东西。"

"不是每个人都适合同一种生活。我该怎么告诉你呢，我一直都在生活着。"

沈家明回过身来："可是你不安全，你自己知道。"

我低下头去。他总是可以轻易碰到我最薄弱的环节。

是的，我不安全，因为不安全我一次次地爱，可是爱让我更加不安全，并逐渐成为内心无法除去的隐患。四十八小时之前，我渴望和沈家明以身体解释心灵。

我们做到了。

我只渴望如此，哪怕转过身后，我们成为陌生人。哪怕从此以后，我的爱彻底残缺。

他不肯再继续。他说在我黯淡的时候，他送了我一株开在艳处的曼陀罗，它美丽开放，那种开放却是有毒的。

沈家明拍拍我的脸，拉开了里面的那道门。

"沈家明，我们，还会不会再做爱？"我站在他身后，没有拥抱也没有拉他的衣角。可是我问了他。我的声音很清晰。

沈家明的背影真好，挺拔、笔直，是我见过的最完美的男人的背影。让我想依靠。

"会。当你不再以此为心痛疗伤的时候；当你的身体，不再充满眼泪的时候；当欲望，不再有记忆的时候；当你能够在爱之后，安然睡去的时候；当这种欢爱，只如开在路边的寻常的花花草草，不再艳若曼陀罗的时候。"

"可是你要走了。"

"一切都会好的。"

4

很奇怪地，那天晚上，我没有失眠。

沈家明走后，我带着手套清洗了我们用过的碗筷，隔着手套依然感觉到水是冷的，但并不明显。水流一点点冲去了器具上面的污渍，它们还原了最初的清洁。

然后我清理了地板。

做完那些事情之后，我站起身来想起沈家明说的："也许我不能改变你，但总会留下一些痕迹。"

一盏一盏打开灯，夜晚如期而至。我习惯着新的住所的味道，渐渐寻常，无恙。

第十章

是你吗？是他吗？

1

回去上班的时候，推开门，先看到主任冷淡怨怼的脸。四十多岁的男人了，已经微微发福，头发也开始大把掉落，一张脸再这么冷下来，就如同被男人抛弃的怨妇，惨不忍睹。

男人和男人，不知道到底是不是一类动物。

也真是不喜欢看着别人的脸色呼吸，有时候觉得写字间真是太小太小了，小得只能看着不想看的许多东西，和不喜欢的人共同呼吸。

冷淡怨怼了，也还是要说出来的，他踱到我身边："你的事假本来就请得过长了，昨天竟然说都不说一声就不来。太散漫了吧，按照规定，这个月的奖金……"

忽然很烦，抢断他："随便你吧。"

"李家宁你这是什么态度？不要觉得你有点才气就总是这种态度，这是报社，是一家有组织有纪律的单位，不是你的私人场所。大家已经容忍你很久了！"

"我就这态度。不需要谁容忍！"我说。转身推开门去洗手间。在门边，碰到拎着背包晃荡进来的宝心。看到我，她顿了顿，伸伸舌头。她听到了主任讨厌的声音。然后她缩回身来，跟着我去洗手间："家宁，你同他吵架了？"

"我真希望我有这个兴趣。"

"你搬好家了？搬到哪里去了，远是不远啊？"宝心跟在我旁边唠唠叨叨，"我佩服死你了，给我个胆子也不敢旷班的，我最害怕他阴沉下来的脸……"

我带上了单室的门。宝心靠在外面的洗手台处，并不停止："对了，昨天翅膀打电话找你，我让他打你手机，他打了没有啊？"

"翅膀？你确定是翅膀？"

"当然是他，他自己说的，他的声音是有点沙哑的那种。"

我把门拉开走出来，翅膀在外面时，从来没有打过电话给我。他的行走是一种消失，一种没有任何寻找方式的消失，我只能从隔几天的邮件中，触摸他的踪迹。

"他没有。"我说，"他没有打。"

"你不要再同主任吵了，吃亏的是自己。"

我笑笑。细心地洗了洗手。我不会把时间浪费在和陌生人吵架上，我舍不得，我宁肯坐在窗口看路上的行人。

2

回到写字间时，那个讨厌的男人已经不见。他亦不想同我吵的吧，恐怕彼此一样，对方的眼神，谁都不想看见，却谁都忍耐着看了两年的时间。

正如一句话：每个人活着都不容易。大事如此，小事亦然。

我在电脑前坐下来。我想找一找翅膀的邮件，不知道他在哪里，在通往哪里的路上。如果有电话可打，也应该会找到一个小小的网吧。

他所有的文字几乎都来自于途中一些小镇的网吧。在最荒芜的地区，他只能把一些东西写在纸上，寄回来给我看。重新记录他的文字，在很长一段时间里，是我最沉迷的事情。

可是没有，翅膀的信箱是"FLY"的开端，很少的几封邮件中，没有显示他的名字。

心里隐约地不安，不知道翅膀为什么会忽然打了一个电话给我。想了想，他离开，已经接近三个月的时间。这个冬天，他选择了朝南而去。因为南方的温暖，在他离开的时候，我的心里有过安慰。

忽然发现好长时间，没有去过"挪威森林"了，好像在翅膀离开以后就没去过。我是为了他才去的吧，可是"挪威森林"，即使他不在时候，烛光也是最美的，它的美是多么执着。

想着，下班后，要过去看一看了。

心情的缘故，没有打开信箱里的信件。不想看，亦不想回。想了想，再度以过客的身份，登录了邂逅沈家明的聊天室。

希望可以看见他，只是看一看。

他在。已经是很多公司的午餐时间。

沈家明的名字并没有更换。

色彩和名称依旧缤纷的屏幕上，我看到沈家明在和一个叫"中庸快板"的人聊天，以公开的形式。

没有故事的时候，一切都是公开的。原本，很多人是为了寂寞跑到这里来，来感受很多人的空间。感受畅所欲言。

其实真的没有什么不好。

显然是两个男人的对话，不细碎，不柔和，不关于感情和心情。话题和日本、日本人有关。他们从同等资历的日本人在中国公司的超高待遇，讨论到上海女人热衷嫁日本男人，然后讨论到了若干年前的那场侵略战争。

看到沈家明说:"也许我过于固执,可是我始终憎恨日本人,过去的一切不能被原谅,那是唯一不能够被原谅的。"

对方表示同意。

我笑笑,想起在两年前上过班的那家贸易公司,夏天的时候,认识的一个姓周的客户。

他是个非常非常出色的男人。中年,事业有成,沉稳、沉默、沉静。有段日子,因为业务的关系,常常地在我对面坐着等候处理单据。那段时间我喜欢上他亲近的沉默的笑容。他叫我丫头,声音总是缓缓的,说:"别着急丫头,我有的是时间。"不像其他人,明明也是闲散的,总是把自己弄得很繁忙的样子。

还有过两次,他在餐桌上为我挡酒,眼神里有温柔的疼爱。

几乎要在心里爱上他了,忽然有一天,听到他在电话里讲日语,那种娴熟和自然,让我意外。看了他半天,他一直地讲,后来收了线,笑着说:"我太太。"

"日本人啊?"

"是啊,我也住在日本。"他说,"有生意需要打理的时候,才回来。"

"您也是日本人?"我张大眼睛,太,太,太无法相信。

"不,我是日籍华人。"他说。

一下子就讨厌起来,那种讨厌几乎是本能的。他不解地看着我忽然冰冷下来的脸:"丫头,你不舒服吗?"

我看他一眼:"周先生,我姓李,李家宁。以后您可以直接称呼我的名字。"

真的真的,好好的中国人不做,做什么日本人?哪怕移民非洲，我都是愿意接受的。

我说完以后站起来离开，留下他在身后莫名其妙的表情。

以后再不想看见他。我怀疑是因为不想再看见他，才最后辞职离开那家公司的。

真的是没有什么原因，我知道是骨子里的一些东西。我妈说我小时候在部队上看电影，每次，看到关于和日本人那场战争的片子，我都会大哭，哭着说："打死日本鬼子，打死他们……"而那时候，我还根本不懂得故事情节。

一切缘于天性，我知道很多和我差不多年龄的人，对这样的事情没有什么明确的感觉了，事情过去了那么久。是的事情过去那么久了，为什么我们还放不开呢？我们并没有经历，经历的是我们前辈的前辈。到了这里，应该是淡漠的时候了。

可是真的不行，一点也不行。

这是一种情结，跟时间毫无关系。

所以想了想，我跟过去一句话："水均益在他的《前沿故事》中，有这样一句话：谁能把日本人灭了，谁依然是我们的民族英雄。这样的情结，不是你的固执，很多人都有。我也是。并因此爱上水均益。不过，你真的很固执。可爱的固执。"

"中庸快板"说："你是谁？哪里的过客，一起聊吧。"

我不回答。没有谁没有什么是我想在意的。

沈家明沉默片刻，在我的名字背后，打这样几个字：是你吗？

是你吗？

不知道还有谁记得一部旧电影，一个略显沧桑的男人，用手抚摩额头深深的皱纹，对着电话机沉默片刻，缓缓地，低低地问："是你吗？"

电话那端，是同样不再年轻的一个女人的脸。她没有回答，一直没有回答，却已握着话机，泪流满面。

那时我还小，不记得电影的故事情节和名称了，可是我一直记得当时画面中，昏黄迷离的色彩，女人身后有一个慢慢旋转的大吊扇，将灯光切割得一片一片闪动。还记得那个男人低缓的声音："是你吗?"

三个字，揭露了别人所不知的真相。

"是的，是我。"

十分钟后，女人说。

"是的，是我。"我在心里说。然后退出来。

他没有追问，也没有跟着退出，没有打过来电话。我知道他还在，在完成他某个时间的心情。并不因我而改变和断落。

在平常的日子中，我们都有着各自的生活。我始终没有迷恋网络，可是不经意地，它总能带给我一些东西。后来沈家明也引导我看一些网络文学，引导我透过那个略带虚幻而充满自由的窗口，看这个世界。

我承认，我看到了很多不曾看到的东西。他的那些不经意的引导，在我不觉之中，拉近着我和生活的距离。

我一直以为，一个冬天，或者任何一个季节都是短暂的。

短暂，却真的可以一点点留下痕迹，我真不该忽视一个季节，同样的季节，许可留我以伤痕。而沈家明，只想给予我以铺天盖地的温暖。

十分钟后，有电话短信提示，五个字：我知道是你。

3

挨到下班，再也没有谁来过问我。整个下午，宝心长时间地抱着电话低低地说话，隐隐可以听到一些什么，知道那个电话，是打给偶尔来接他的年轻男人。

那样的爱情，我知道自己已经没有机会再经历一次。我也从来没有经历过。我一开始就找错了人。可是我喜欢看着其他的女孩子，以这样的方式爱着。也一度，盼望眉然如此。

眉然，终究还是心里一处隐约的痛。

黄昏，写字楼人群慢慢散去的时候，踩着楼梯用了很长时间走下来。越来越害怕这个世界膨胀的拥挤，每次早上站在十多个人的电梯里时，真恨不能找个地方躲起来。

然后沿着写字楼前的路走下去，半个小时之后，可以走到翅膀的酒吧。

4

没有什么改变，棕色的门，深绿色的门楣处四个弯曲的字，门的缝隙中透出烛光。

黄昏的酒吧通常是寂寞的，没有太多人在。而翅膀的"挪威森林"，最盛的夜晚，也不过十几个人流连。

这是一家寂寞的酒吧，翅膀不在的时候，只有那个清秀的小男生打理。生意并不太好，却可以满足翅膀的生存愿望。他需要的物质，除了烟和胶卷，其他的都是最低的，近于卑微。

推开门走进去。

吧台的后面，意外地，我看到了翅膀的脸。

他回来了，他竟然回来了。一声不响地，忽然在这个黄昏出现。

似乎是他唯一的一次行走，短暂到不足三个月的时间。而回来，又这样地不动声色。至少，他应该有点提示，在他不断发来的文稿里，我可以找到他回转的足迹。

什么都没有，我努力回想一周前他最后的一个邮件，在去往西双版纳的途中。

我怔怔地扶在门槛边，直到他站起身来，才松开手指。是的，是他，他回来了。他已经朝着我走过来，一直走到我面前，站住。

忽然地，我不能相信面前的这个男人就是三个月前离开的翅膀。我的心有空白感。

这是他吗？

他很瘦，非常的消瘦，有点陌生的苍白。唯一没有改变的，是他的一头长发，依旧在肩上散乱着。翅膀的样子让我心疼。消瘦和苍白，不是应该属于他的。

只是三个月的时间，三个月而已，发生了什么？

"翅膀。"我叫了他的名字，"你回来了吗？"

我问，似乎依然无法确信。

"家宁，你怎么会来？东东说，我离开以后，你一次都没有来过。"

东东是那个面容清秀的男孩儿。

我摇头："我不知道，今天上班的时候，宝心说你给我打过电话。你从来都没有打过电话给我，我忽然就想来看看。我不知道，你回来了。"

他笑了笑，他在牛仔裤的裤兜里抽出一支烟，点上。他的笑容有我陌生的疲惫和苍白感。

好像忽然之间，一切都这样陌生了，而站在面前的人也不再是他了。不再是那个有着一身健康棕色肌肤的男人。长年的行走让他拥有了过于强健的体魄，虽然我知道，他的身体中散布着苍凉。

可是它们是健康的，即使是苍凉。

他抽烟的样子亦不再从容安逸，有种迫切和贪婪。总要狠狠地，深深地抽上一口，才可以讲话。

　　"坐下吧家宁，要不要喝点什么。水？咖啡？"他拖着我
走到我习惯坐的角落。在他拖着我的时候，我想伸出手，抚摩
他的脸。后来我忍住了。

　　"水。我走路走得有点渴。"我说。

　　他倒了杯水给我，我握住杯子，水的温度传递过指尖。翅
膀在我对面坐下："昨天打电话，你不在。那个女孩儿说你搬
家了。我没有想好，要不要继续打电话给你。我想过几天吧，
我在出售这个酒吧，等处理妥当了，再找你。还有……"

　　我打断翅膀："为什么，为什么要处理掉它？"忽然非常
不安，一直有这样的感觉，只要这个酒吧还在，翅膀就会回
来。他的生活，就会遵循一种异常中的寻常。"挪威森林"是
他的家。曾经的很多夜晚，我和他，在"挪威森林"做爱，
那些记忆都还清晰地存在着。我知道终究有一天，我们会同它
作最后的告别，在多年以后。可是现在，现在还不是时候。我
不知道为什么？

　　他要走吗？他要换一个起点？离开这个城市？

　　我放下杯子，思绪迅速纷乱起来。翅膀，我是不想他离开
的，以这种彻底的方式。我真的不知道为什么，这个冬天，忽
然所有人都要离开了。沈家明，还有翅膀。

　　没有了他们，这个城市我又剩下些什么呢？这个城市，原
本我拥有什么呢？如同这个世界，除了我的父母，我到底还有
什么？

　　我连文字都不可能真正拥有，因为它们属于很多人。像爱
情。

　　"不要，我喜欢这个酒吧，翅膀，不要卖了它。"

"家宁，发生了一些事情。我不知道怎样讲给你听。"

"可是我要知道为什么？"我看着他，用固执的眼神。事情一直都在发生，无论是停留于这个城市的我，还是行走在路上的他。如果他肯问我在他离开的时候，我的生活中发生了什么，我会一字不落地告诉他。我会告诉他我对他的背叛，和我全部的过去。

只是他不会问，他没有拿自己当我的什么人。没有约束，背叛就不存在。

而我爱他，即使在沈家明给了我如此的一个夜晚之后，即使我对翅膀的爱，因那个夜晚而动荡不安，可是翅膀出现在我面前的时候，我依然不能否认我爱他。

"我可以直接地告诉你吗？"他疲惫的眼神漫过我的眼睛。

"你可以。"我没有躲避。也来不及想象。

"我是坐了火车回来的。我不能再走了，家宁，我染上了毒品。"

我的手一抖，杯子里的水撒了出来。

5

"不是真的。翅膀，你骗我。"我喃喃地说，"翅膀，不是这样的。"

"是真的。其实上次离开以前，我已经染上了。我没有告诉你。我以为我可以戒掉它，在行走中，依靠自己的力量。但是不行，家宁，这是我无能为力的。"

"你，骗我。"我怔怔地看着他，我的心没有什么疼痛和动荡感。当所有我不能接受的事情发生时，我的心里都没有疼痛感。

只有悲哀和麻木。

我看着他，我想看到他忽然笑一笑，说："我骗你的。"

翅膀却不再说什么，用苍白的面容和眼神，让我接受这是一个事实。

我终于低下头去。再也说不出一句话，眼泪却开始大颗大颗地往下落。

"家宁你不要哭，没有什么是需要你来承担的，我只是要告诉你这样一件事。还有，我不能再给你写稿子了，至少在我痊愈之前，我没有什么可以给你了。"

翅膀伸过手来擦我脸上的眼泪，他曾经有力结实的手指，和他的目光一样虚弱苍白。他的另一只手依然握着香烟，他好像一刻都不能离开它。而他离不开的，不只是香烟。

我什么都不想要，如果今天我听到一切不是真的，我愿意从来都没有迷恋过他的故事。

"翅膀。"我压抑着，低低地哭出声来。我拿起手握住他放在我肩膀上的手指，一根一根地握过来。我想温暖它们，"翅膀。"我哭着说，"我们离开这里，我带你回家。"

第十一章

抵挡了一切身体的伤害，却抵挡不了从精神开始的腐烂

1

我按熄翅膀手指中的烟，将自己完全放置于他的目光里。我要他看着我，看着我带着温度的身体。没有一丝遮挡的身体。我已褪去了所有衣衫。我的身体呈现出来，它不够完美，可是带着我真实的体温。

于我而言，沈家明是温暖的。而对于翅膀，我相信我可以温暖他。

没有什么其他取暖的方式了，对于我们。

翅膀微微转了一下头，他不肯看我。"别这样，家宁，这不关你的事。"他试图脱了自己的衣服将我裹住。

我不肯。我握住他的手，让他面向我。

我比翅膀更加固执，一种决绝的固执。我终于，带他回家。

暖气并不充足，我站着，开始有些坚持不住。但不去掩盖自己裸露的身体。

我抖了一下，因为冷。

翅膀扔下手中的外套，用身体裹住了我。

在我和沈家明度过不眠之夜的床上，三天之后，我同翅膀

纠缠在一起。

一切依旧不是按照我的意愿发生的，我以为我永远都不会带着翅膀回来。可是那天晚上，我只想那样做，只想如此。

只想带他回家，哪怕一个晚上。一个完整的晚上。

我可以给翅膀一些什么呢？我还有什么能够给他以温暖？

翅膀的身体，散发着根深蒂固的苍凉。他更加苍凉了，罂粟花已开在他的身体中。半年前，翅膀途经云南时，腿部受了伤。一个云南的女人，用她的身体和另一种药为他止痛。当他离开那个女人的身体时，他已经离不开她的药。

忽然想起沈家明的话：有一种欢爱，一次是药，可以疗伤，两次是贪婪，可以满足内心的脆弱，三次是毒，可以伤及身心。

他说那种欢爱，是曼陀罗。

因此他抵挡了我。而翅膀，却一再被诱惑。被那个女人的爱，和她的毒。

所以罂粟花开了，一个女人用她温柔的手指，在翅膀的身体中种下了它的种子，它在充足的阳光照耀和水分的滋养中，慢慢发芽慢慢开花，翅膀没有能够抵挡。他努力了，却已经太晚了。他不想责怪她，她是爱他的，她也没有办法。对于爱情，她实在比我们都勇敢。她想用最后的方式留下他，彻底地，不留任何退路地。

翅膀说："是我应该为爱得到的惩罚。"而他也只能作出最后的决定，把自己交给戒毒所。他控制不了自己的身体，却还能有最后的理智，能把握自己的心。

谁又能真的控制得了自己的身体呢？或我或他，我们拥有的，强硬也好，柔软也好，都是最普通的常人的身体。

翅膀回来，决定卖掉酒吧，做戒毒的费用。现在他已经卖掉了它，那个黄昏，是"挪威森林"的最后一个黄昏。

2

翅膀却无法进入我的身体，很长的时间，我一次次试图帮他。我努力地迎合，但是不行。我自己的身体也开始在徒劳的碰触中，渐渐生涩渐渐枯萎。他已经虚弱，他的身心，在长年的奔走中，在与不同女人身体的纠葛中，在罂粟花蕊的浸染中，彻底虚弱下来。虚弱得没有力量再完成一次身体之行。

他好像走了太久了，终于，在这个夜晚停了下来。

他的脚步，他的身体，他的心。

最后我们都放弃了，都松懈下来。无言地，任两个人的身体在一起渐渐变冷。

我扯过被子裹住翅膀。不可置信地，在我的手带着柔软的被子滑过他的肩膀时，他的眼泪落在我的身上。

温热之后，肩头一片清凉。

我从来没有见到过翅膀的泪，他的眼睛里，他的文字中，都没有过。可以想象多年的行走，他的身体承受的伤害和折磨，他的心在某些时候承受的孤单和崩溃，但他却从来没有过眼泪。他写过一段这样的经历，在去往漠河的冰天雪地的途中，他摔伤了手臂，划了一道很深的伤口，鲜血直流。他以冰雪封住伤口，以寒冷止住血流。疼痛在寒冷中加倍，也在寒冷中麻木。

他用自己的身体抵御了一切外来的伤害，曾经有一晚，在"挪威森林"的烛光下，我数过他身体的伤口，那些细细碎碎的伤口，一直数到自己泪眼蒙眬。

他曾经是我的英雄，我一度以疼痛而凄美的姿态等待和仰望他。我不能接受他这样，不能接受他的溃败接受他的凋零和腐烂。以这样一种方式。

可是他却垮了。当翅膀俯在我身体之上泪落如雨的时候，黑暗中，我看到我的英雄倒下来。来自身体的伤害，他抵御了整整十七年，没有屈从过，他却抵挡不了从精神开始的腐烂。

我的手指穿过翅膀的发，我将他的头慢慢按抵在我的肩上。慢慢抱紧。我以我的身体阻挡了他的哭泣，我不想看到他流泪的眼。

翅膀的声音慢慢低下去，低下去。很长时间以后，我听到他发出的并不沉重，略略不安的均匀呼吸。

翅膀睡着了。

我将他移下我的身体，并没有费太多的力气。这让我伤感。翅膀，三个月前，我觉得我所面对的他的身体，坚实强硬得如一座山。

即使拒绝着我的靠近和攀登，我也希望他是一座山啊！

我打开了灯，将亮度调至最弱。亮起的灯光让翅膀微微皱了皱眉，但并没有醒。他继续睡过去。第一次，我在灯光下看他睡去后的面容。眉目间的沧桑没有什么可以掩盖了，只是微微合着的双唇，在睡去后，带着一种孩子的无辜和脆弱。

也是第一次，我知道了翅膀内心的薄弱之处。

这真的让我心疼。我情愿他是冷漠的、坚硬的，即使他没有心。

我穿上了睡衣，抽出他身下的手臂。在我这样一动不动看着他的时候，我的心里翻动的，不再是当初对他的爱，那种单纯的男女之爱，更多的是一个女人绵软的柔情。睡去的翅膀，像个找到了家的孩子。

而真相中，他永远在路上。唯一的一个晚上，我渴望用身体温暖他的冷。

没有实现。

最后我同他一起变冷。在暖气越来越微弱的冬夜里，我和翅膀这样并排躺着，在如水般清淡的灯光下，像两具凝固的瓷器，冰冷，无法靠近。

那晚，我再度整夜未眠。

3

第二次没有一句交代地空了班，好像压根儿没有想起来。那一天，我负责的版面上，本该有翅膀的专栏。

那个方寸之地因此空了下来，最后填充的，是一个软性广告。晚上我看着报纸苦涩地笑了。没有了翅膀，我觉得那份报纸失去了灵魂。

终于决定离开。

没有要最后一个月的薪水，也没有像样儿的辞职信，甚至没有过去收拾我的东西，我打了个电话，并没有给主编发脾气的机会，我只说了四个字："我辞职了。"

不再想象他愤怒的面容。那都不再重要了。

想起沈家明说我：怎样都无法善始善终对吗？

是。挂了电话的时候我在心里承认了，因为有些事情，是不值得善终的。

在信箱，给沈家明留了简短的几个字：我有一件事情要处理，这几天。然后我会去找你。

我会去找他的。我有感觉。在所有的事情发生的时候，他是我最后要找的人。曾经害怕他看到的太多，而现在，一切都需要他来承担，什么都想彻底呈现。因为在他那里，在他的身体里，我可以得到解脱和释放。疼痛可以愈合可以消逝。

沈家明把信息发到我的手机上：保重你自己。

没有问什么事情。

他那种成熟的完善无处不在。

4

翅膀办理了酒吧的过户手续，从此以后"挪威森林"将在这个城市彻底消失，买去它的是一个中年女人，她会将酒吧改成一家女性护理中心。

这早已是一个物质年代。

那几天，在翅膀联系好进戒毒所之前，我将他的所有东西带了回来。我以自己都无法想象的固执将他留在家里。而他，也似乎没有了力气同我抗争。我在超市买回了足够的水果，水，香烟，速冻食品，应急的药物。然后关闭了电话，切断了和外面的一切联系。

还买回了成套的周星驰早些时候拍的喜剧碟片。

曾经，我很痛恨这些无聊的故事和情节，我宁肯一遍遍地为《魂断蓝桥》，为《罗马假日》伤悲。因为翅膀，我忽然发现我们走过的日子里，心灵承担的负荷太多了，我们心甘情愿地承受，不肯放过自己，不肯给自己任何的出口，一直走到现在。

终于有了时间，却不容我们从容地开心了。

到底是谁的错呢？

然后我和翅膀就这样拥抱着坐在地毯上，一张一张地放那些古装或现代的碟片，为那些我一度厌恶的影片大声地笑。

从来没有那样笑过。

翅膀一刻不停地抽烟，没有办法停下来。后来我也陪他一起抽，很慢很慢地。我所有的房间都被烟雾填满。我们低低地坐在烟雾的下面，谁也不想打开窗子，不想那种味道透出去，也不想新鲜的空气透进来。

我愿意跟着他一起憔悴，一起凋零枯萎。

我知道我是真的。

5

再也没有尝试做爱，一次都没有。晚上我们躺在一张床上，听着彼此的呼吸。有时候觉得真安静啊，除了远处的街中，偶尔有汽车行驶过的声音，好像没有什么存在了。

在白天纵情地笑过以后，我的心，在夜晚空得像秋天的荒野，一片片长出荒草。我不敢说，也不敢发出声音。和翅膀，除了看电视时的笑，安静下来，就再也没有了语言，只是躲在被子下握着彼此的手。在两个人都睡着之后松开，不知道是谁先松开了谁的。只是知道醒的时候，手指不在一起了。

每次睡去的时候，我都害怕第二天，他再也醒不过来。

翅膀明显地憔悴着，终于在第四天的晚上，他的毒瘾发作了。在发作之前，在他开始抽搐的时候，翅膀用尽全身的力气将我推出了卧室，然后反锁上了房门。

我没有试图敲门或者求他把门打开，只是光着脚站在客厅冰冷的地板上，呆呆地一直站着。卧室门的下端，窄窄的缝隙透出一道光来。

卧室内没有发出任何的声音，翅膀痛苦的挣扎或者物品的破碎，里面是寂静的，一种冗长的可怕的寂静。

我和他共同在那片寂静中承受煎熬。

不知道过了多久，在我的心已经失去感觉的时候。门缓缓地敞开了，翅膀站在门边，用涣散的眼神看着我。屋子内一切都是刚才的样子，除了原本丢在地上的碟片和纯净水的瓶子，一切整洁如初。

凌乱和破碎的，只是翅膀。他因痛苦而扭曲的身体和面容，带着来自地狱的气息。

我走过去，将他抱在怀里。我用尽了前尘后世的力气。

"童欣然。"我说，"我在你身边。"

这个男人，我不会再叫他翅膀了。几天前的夜晚，当他的眼泪滑在我的肩头时，我知道我已经无法再继续爱他。我知道我爱着的，其实是他的飞翔，是他的翅膀，是他不肯停留的心，是他坚硬而荒凉的身体。

虽然也因此疼痛和无望。

他失去了它们的时候，我也失去了他。

可是我却不能把他抛弃，我愿意这样将他抱在怀中，像拥抱着我的亲人。在爱情一点点离开以后，我感觉到了和他之间，一种最最真实的关联。

而翅膀，我到现在也不知道，他是不是爱过我，在我们的身体分离开的时间里，他的心，有没有为了爱作过一次回首，有没有为爱作过一次期盼。

都不重要了。我的手指轻柔地穿过他的头发时，我知道在我们中间，爱情已经成为最单薄的解释。

很多东西，真的不是爱情可以承担的。

他在我的身边离开，会毫无芥蒂地走向另一个女人，然后再回到我身边。没有抱歉没有愧疚。直到最后，都没有。

我们没有过承诺，所以无所谓抱怨，无所谓原谅。

在我怀中，他再一次睡着了。

第十二章

一条在寒冷到来时不能够冬眠的蛇，也会到处寻找温暖

1

十二月四日。星期四。大雨。

午后，我陪着翅膀去了戒毒所。

很少见的冬天的雨，在清晨的时候慢慢飘洒下来，过了午后，开始变得凛冽急促，雨点大而饱满，很像夏天正午的那种雨。

这个季节，北方已经是冰天雪地了。

午后，我撑着伞在雨中和翅膀告别。我把买给他的一些日用品交到他手中，"童欣然，我会来看你的。"

"相信我，家宁，这个冬天过后，我会好好地走出来。我还会重新上路，会有更美好的故事给你。我还会是，那个你说过的会飞的翅膀。"

我点头。

我相信，相信他会好，一个宁肯将自己弄得遍体鳞伤，也不肯发出一声呻吟，不肯损坏我任何物品的男人，我相信他会重新找回生命的阳光。我也相信他会重新上路，会写下更多美好生动的故事。只是那一切，都已经与我无关。

翅膀并不知道，我已经辞职了。当春暖花开，当他重新拥

有完美的翅膀开始上路时，在背后注视他、等待他的人，不会再是我。

我能给他的，我已经全部给了他。

有风吹过来，吹得手中的伞东倒西歪，雨水在风中斜斜打进来，裤脚和身上的绛红色风衣很快被雨淋湿了。在翅膀走进那片灰色的房子之后，我转回身，拦了一辆出租车，说出了一个地址。

沈家明的地址。

车子飞速离去，大滴大滴的雨打在车窗玻璃上。因为路途的漫长，年轻的司机随手开了车上的音乐。是很缓慢的钢琴曲。我在流淌的乐曲中闭上眼睛，竟然很快地睡了过去。

真的太累了。

2

一个小时后，司机将我唤醒。我下了车。

沈家明上班的地点已远离了这个城市，回过头看看中间经过的，是冬天大片荒芜的土地。荒芜之外，忽然林立出这片孤单的，棕色的建筑群。

雨好像小了一些，风却如故。没有撑开伞，打通了沈家明的手机："我在你的楼下。"

一分钟后，沈家明出现在我面前，夺过我的伞撑开："傻孩子，下雨呢，拿了伞是做什么用的！"

我仰起头朝他笑了笑，他穿一套深灰的西装，中灰的衬衣和浅灰的领带，是我在小说《梦里百合》中，写过的一个男人的样子。

他怎么可以，一次次，总是从我的故事中走出来呢？

这个男人。

在我笑的时候，头顶的蓝色的雨伞开始旋转，开始恍惚。

"家宁。"沈家明喊出我的名字，伸手将我摇晃的身体裹进了怀中。

3

沈家明的宿舍略略狭小和凌乱，格局像酒店简单的标准间。一张单人床，一对沙发，一台电视，一张桌子，色彩单一整齐。一侧是洗手间。

铺着绿棕色的绵软地毯。凌乱的是些许生活用品，是一个男人习惯的凌乱，却因此显得温暖。属于他的一切，无一不是温暖的。

沈家明用毛巾一遍遍地为我擦拭，直到把我的头发擦干。

空调的温度开得很高，小小的空间里迅速温暖起来。之后，他才将我的风衣摘下，挂在墙壁上。我的鞋子已经丢在了门边，因为在车上睡着了，脚一直很冷。

好像从小时候起，冬天的时候，我的手和脚就都是冷的。妈妈说，因为我属蛇。

我主动把脚缩进他的被子里取暖，然后干脆整个人都缩进去。

我是害怕冷的。如果一条蛇在寒冷到来时不能够冬眠，也会到处寻找温暖吧。

沈家明在我旁边坐下："告诉我，发生了什么？如果你愿意说。"他摸摸我的脸，"真是很不喜欢你这样，不喜欢你如此不善待自己的身体。"

"你知道翅膀吗?"我将身体靠在他的枕头上，躲开他放在我脸上的手，将被子拉过来，盖到自己下巴处。被子并不很绵软，可我喜欢上面有他温存的气息。

"你知道他吗?"我说。

"是你秋天的时候,开始写的,一个喜欢飞翔的男人。"

"是的。一个小时前,他去了戒毒所。我陪他一同去的。"

沈家明拿过我的手,没有说话。

"之前的四天,他住在我那里。昨天晚上,他的毒瘾再次发作,我知道我们不能再拖下去了。"

"他吓到你了吗?"沈家明小声问我。

我摇头:"他是一个宁肯伤自己也不肯伤别人的人。最恐怖的情形,我没有看到,可是我想象得出,你知道他现在的样子吗?没有人会相信,他还是那个曾徒步走过西藏七次的翅膀。他再也没有力量了。"

"所有染上毒品的人,都会如此。唯一的方式,是远离。永远不要靠近。"

"他不是故意的。"

"你爱他?"

我点头,然后摇头:"爱过,爱过去了。"

"家宁,永远也不要再爱这样的男人了好吗?如果碰到了,就躲开。"沈家明把我手塞进被子中,"不是因为他的行走,不是因为他染上毒品,而是这样一种心性的男人,不会带给你幸福。你们加在一起,将离生活更遥远,会把生活弄得更糟糕。"他顿一顿,"我是说,你可以继续爱下去,但是不要再继续寻找你的同类。"

"沈家明,你呢?你是我的同类吗?"

"不是。"他肯定地回答。"我懂得你的全部,但我们,真的不是同类。你和你的同类,你们相爱,也互相伤害,这样不好。"

我的手臂攀过他的身体:"那么,我可以爱你是不是?"

"不。"他说，"你可以以任何方式对待我，但是不要去爱。不要爱无法承担你未来的任何人。谁都不可以，包括我。"

"那么，其他方式都是被允许的吗？"

"家宁。你很累了，你需要休息。"他不回答。

"是的我很累了，我需要休息。可是，我想和你做爱。沈家明，我很想。"

"借以抵抗翅膀带给你的疼痛？"

"不，借以取暖。"我的手臂一点点拉近他的身体，"你不会是我的毒药，即使三十次三百次，也都只我的贪婪。我保证，沈家明，我向你保证，你的给予伤害不了我的身体，更伤不了我的心。我保证。"

手臂的收紧中，沈家明跌入我怀里。我捕捉到他湿润的唇，他有短暂的停顿，随即缓缓地，深深地吻下来。

十二月四日，整整下了一天的雨，在黄昏时悄然而止。

4

一切都结束之后，沈家明慢慢倒在我身边："家宁，你骗了我。"

"我没有，沈家明，现在，我一点都不感觉到冷了。你呢，你感觉到温暖了吗？"我伸出左手抚过肩部，抚摩到沈家明咬过的微微凹下的齿痕，"沈家明，我们扯平了，我不欠你了。"

"你疼吗？"他的手盖过来。

"不，一点也不。我很快乐，那种满足的快乐。我从来没有这样快乐过。沈家明，我没有骗你，我只想同你做爱，我喜欢和你做爱的感觉。很温暖，很安全。"

"你有这样纤小的身体，却到处充满疼痛。"沈家明用被子将我覆盖，"到处充满诱惑，充满罪恶感。拒绝和放纵都是错误，我想改变它，却害怕最终依旧会是伤害。"

　　"不会的。"我笑，"沈家明，我相信了，我们不是生命的同类。所以，不会有伤害。你带给我的只是温暖，只有温暖。你说错了，如果这种现象是一种花，它不是曼陀罗，它是拂朗，一掬清水就可以存活，即使败落了，也不会枯萎得太凄凉。"

　　"是这样吗?"

　　"是这样的。"

　　"那么你说你不会爱上我，用你内心一直坚持的方式，对吗?"

　　"我不会，如果说爱，那么我爱的，也许只是你的身体。你的身体让我觉得温暖。"我重新裹了裹被子，"我真的想睡觉了。沈家明，醒的时候，会不会有一碗热豆浆呢?"

　　他笑了: "会有的。睡吧小猫。"

　　我闭上了眼睛，在闭上眼睛的时候，笑容缓缓收回了心里。

　　沈家明，你是懂得我的吗? 你知道一个不是女孩子、也不是女人的女子，永远不会因为怕冷，找一个男人的身体取暖吗? 除非冷的是心。

　　可是我不想你知道，你不需要知道。你知道我是温暖的，这一刻，就够了。

第十三章

做爱是治疗失眠最好的药

1

在沈家明的屋子里睡足了一天。睡睡醒醒地，一直到十二月五日的黄昏。从过去的冬季到这个冬季，我坚持了整整一年的爱情，在我无梦的睡眠中，成为了过去。

真的不用费怎样的力气放弃和逃避，有时候睡一觉就可以了。

中间醒了好多次。

第一次醒的时候是午夜，有略略暗淡的灯光，在床的上方朝向另一端。我在灯光下张开眼睛，沉默了好半天，伸出手，触到沈家明的手臂，在我的背后。轻轻呼一口气，这种感觉真是踏实。背后靠向他的时候，总觉得自己是婴孩儿。

"你醒了？饿不饿？"

我点点头。

"牛奶好不好？是热的。"

"哦。"我坐起身来，"我睡了很久了？"

"大约，七个小时。"他说，"你睡得很沉。我移动过你的手和身体，一直都没有醒。"

我笑了："我喜欢睡觉。"我相信每个有失眠经历的人都喜欢睡觉，读大学的时候，在睡不着的晚上，和睡在上铺的眉然，隔着一米的空间轻轻地说话。她喜欢探下身来，海藻样的长发从上方流泻下来，在我眼前，像一道流动的屏障。在夜晚窗外透过的淡淡的光线里，泛着黑亮的色泽。

有时候说说话，就会有一个人的声音渐渐停止，然后传来均匀或略略不安的呼吸。

无论怎样努力都睡不着的时候，眉然会悄悄起身，拉开淡蓝色窗帘的一角。我们把身体隐藏于窗帘内，悄悄地，用火柴点两支烟，慢慢燃烧着。

眉然有时候抽烟，我在第一天晚上就发现了。那天晚上所有人睡去的时候，她从床上轻轻跃下来，趴在窗口抽烟。我在黑暗中看着，什么也没有说，一直看着烟的亮点，在她手指间明明灭灭。

眉然抽烟并不规律，有时候很久不动一支，有时候，会连续抽掉好几支，在那些周末宿舍里没有其他人在的时候。

有时候她要我陪着她，点上一支烟，让它慢慢燃烧。

我后来认识了很多抽烟的女子，抽得最凶的，是西安的一个写诗的女孩子，她叫"受伤的桶"。一个人住在西安，屋子很小，床却很大，靠着一面的墙壁，里面空出的位置，不是放置男人的，而是放置香烟和很大的烟缸的。我怀疑香烟已经成为她生命的一部分。

女人和烟，我一直也不明白是应该相互抵触，还是相互容纳。但是我知道热爱抽烟的女子，并不矫情，并不是为了好玩。大多，是寂寞的。

香烟和爱情是这一类女子抵抗的方式，她们选择前者，我选择后者。

本质上，我们是一样的。当我和眉然趴在午夜的窗口向外看去的时候，我知道，我们心里的寂寞，没有什么不同。

2

　　五十米的窗外，对的是一栋男生宿舍楼，在那样的时候也都是一片漆黑寂静了。没有人知道曾经有一个晚上，我和眉然看到一个窗口忽然亮起了烛光。很淡，却能看得见烛光的映照下，两个年轻的，正在做爱的身体。

　　很多男生喜欢把女友偷偷带回宿舍去，碰巧周末宿舍人很少的时候，会放纵地做爱，可是一直都在黑暗中。我觉得那天他们是故意地，故意把自己，放在了光亮里。

　　我觉得他们根本就知道，对面，有注视他们的眼睛。

　　那天晚上我们一直看一直看。那时候我还没有过身体的经历，可是却没有任何杂乱的不安的念头，我看着他们，好像只是一件平常的事，再平常不过了。我和眉然都不动声色，没有谁感觉到羞涩。我在眉然的眼睛里，知道她是洞悉一切的。她说："她可真瘦，她能承担吗？"她说："我不喜欢男人的身体，再也不喜欢了，觉得很脏。"

　　可是我知道那天晚上，我们看到的，都是很干净的身体，因为年轻因为无所顾忌，散发出的纯然的洁净。

　　他们做了好长时间，我更加觉得，那点被点燃的烛光，是一种分明的刻意。他们燃烧自己，也希望一同燃烧沉寂的校园的夜晚。因为年轻，性情没有约束，放荡不羁。

　　喜欢挑战，喜欢撞击，喜欢冒险。

　　在那样的夜晚，失眠也是不怕的。害怕的是随后的持续，身体很累了，精神也很累了，却依然睡不着，近乎在一种半昏迷的状态中消耗。

　　慢慢染上了吃药的习惯，又慢慢有了抵抗力，一切药物都不再有效。不敢将分量增加下去，怕身体最后无法承受。

我不是不热爱自己生命的人，为了父母，我也不会拿它如何。这一点并不像沈家明感觉的那样，我只是不知道怎样做得更好。有时候觉得麻烦。

开始写字的时候，失眠会整夜整夜追随，再也没有什么办法抵抗。反而甘心了，因为那些冗长的夜晚，心里会有一个故事一同前行，走向某个结局。

直到后来，接触男人的身体，发现了做爱竟然是治疗失眠最好的药。不管是不是投入，是不是有过高潮，在那样的一场纠葛过后，都有想睡的愿望。愿望来自身体。

做爱。我真的不知道谁最初用这样两个字，来定义一种行为。

还能是什么呢？

可是也没有爱的时候，没有爱的人。没有爱，应该叫做什么呢？

忍不住笑。

3

沈家明的手搭在我的额头上："每次你的目光看向一处的时候，我不知道，你在想些什么。你的心在到处跑。"

"我在想。"我坐直身体，"外面是不是又下雨了。"

沈家明站起身来，将窗帘的一角掀起，把窗子拉开一道缝隙。"是，又开始下了，你睡觉的时候我看了天气预报，明天依旧有雨，也或者是小雪。"

"我觉得很多年没有看到雪了，即使有，也会飞快地化了。天气变得越来越没有界限。"

"很喜欢雪吗？"

"是的。小时候生活在西北，有这样的日子，外面一片纯白，什么都被盖住了。整个冬天都是纯白的。出去的时候要穿很厚的外套，每个人看起来都笨笨的。我喜欢走路的时候哈口气，所以小时候我以为，呼吸是白色的。"

"可是你怕冷。"

"长大以后才怕的，小时候，我无所畏惧。"

沈家明笑，关闭了窗子把牛奶自微波炉中取出："要吃点什么？"

我摇头："吃得太饱了会睡不着，有牛奶就好。"

在沈家明手中将牛奶咕嘟咕嘟喝下去，整个身体从胃开始温暖。我一直觉得胃是和心连在一起的，因为每次我的胃不舒服的时候，心就不舒服。

"你一直没有睡吗？"我抿了抿唇。

"床不够大，如果我睡了，翻身的时候会碰醒你的。"他把杯子放到桌上，"而且，我不太习惯，你忽然睡在我的屋子里。"

我笑。抱住他的身体，抱了片刻睡意再次席卷而来。

4

就这样一直睡睡醒醒到了翌日黄昏，中间吃了一点东西，是沈家明在食堂要的青菜和米饭。有一次醒的时候他不在身边。他上班的地方在宿舍楼下，我在窗口站了片刻，看清楚那个很大的院落，里面停满那种叫做"斯太尔"的箱式货车。

并不很吵。

一直睡到无法继续。好像要把那么多年欠缺的睡眠一次补回来。

外面依旧在下雨，没有我盼望的雪，一片都没有。天空依旧是很暗的颜色，到处都是暗的。我只能在时间中分辨出是午后，抑或是黄昏。

彻底醒了。

看清楚沈家明的脸。我伸出手轻轻抚摩它，闭上眼睛，感觉到他饱满的额头，挺直的鼻梁，下颌的轮廓，然后移动下去，停留在他柔润的唇边。

抚摩到他轻轻的微笑。

沈家明的电话响起来，我张开眼睛，放下手来，开始套我灰色的毛衣。沈家明退到一边接电话。话机的隔音效果并不好，可以听清楚对方的声音，一个很清澈的女孩子的声音，她说："我告诉你啊，真的特别逗，你方便说话吗……"

"是吗？对，是啊。"沈家明笑着回答，不知道那个女孩子最后讲了什么，我把毛衣套在头上的时候，听到沈家明的笑声忽然爽朗起来。

在我穿好衣服的时候，他挂了电话。

"不要继续睡了吗？"

"女朋友啊。"我答非所问。

"是，女的朋友。我朋友很多。"他扯了扯我的衣角，帮我扯正，"我是个害怕孤单的人，我喜欢一些单纯的快乐。我喜欢和人交往，以很多方式。"

"多好啊！"我说，"我也害怕孤单，可是我不知道该怎么做。"

"你又开始撒谎，家宁，你知道自己常常撒谎吗？根本你言不由衷。你不是这样的，你常常都在躲避，你只需要你的同类，虽然你们在一起，只能把生活弄得更糟。"

我后退一步，在床上坐下来，打开床头灯。"不说我可以吗？说说你吧，沈家明，在我之前，在这个城市，你有过很多女孩子，或者女人吗？"

我不是个计较的人，我没有任何理由计较沈家明。就算一切都已发生，套用所有的规则，我们依然是陌生人。

可是我忽然有一点想了解他，了解我所不知道的。哪怕装做不在意。有些事情，有些感觉，我自己常常说服不了自己。

我知道这样不好，但是我忍不住。

我爱上他了吗？我已经不能无动于衷。

"我想写一些关于网络的小说。我想知道网络和现实中，我们应该怎样转换和对待不同的角色。对了，沈家明，我们，也算是一种网络状态吗？"我说，"你知道我对网络是很陌生的。我承认是这样。"

"好吧。"沈家明在靠近我的地方坐下，"成全你的谎言。告诉你我的经历，关于网络的，在这个城市的，其实很简单，只要你肯相信。"

"我相信。"

我眯起眼睛，这样他不容易看到我的谎言。不是是否相信，而是，想要知道的初衷。

5

沈家明过来的时候，冬天刚刚过去，春天刚刚开始。

那家很大的集团公司在人才网中将他招过来。那时候对做了长达八年的一份工作，沈家明开始厌倦，想换掉，出来走一走。

像他说的，原本的方向一直朝东而去，一直地，停留在海边。

最终阴差阳错，来到这里。

工作环境不如自己想象的，不过也还好。手边有台联想的手提电脑，用以处理公私事务。薪水也满意。带了简单的行李就留了下来。

刚开始的时候，频繁涉足本市的聊天室。涉足并不是为了驱逐一个陌生城市带来的寂寞，只是不喜欢太形式地，以过客的身份，在这个城市停留。本质上，他不是一个喜欢孤单的人。他看得懂，内心是明白的，但不喜欢，不喜欢人本身的孤单。很多年，他一直都在改变。

所以交朋友，住集体宿舍，恋爱，结婚，用心工作。

网络是一直喜欢的，很多时候在上面下载音乐，或者看新闻，那些电视和报纸上看不到的新闻。或者网络文学，看在网络上写字的人，用各种不加掩饰的方式说话。

很多人找到共鸣。

当然也聊天。

和男人选择公开的方式，针锋相对或情趣相投，关于生活关于社会关于感情，都可以公开地聊下去，打发彼此的时间。很少很少，会约了相见。

原则上，聊天室是个异性相吸的场所。

于是会碰到不同的异性，不同的说话方式，不同的观点，不同的自我对待和不同的性格展示。大多，她们会说："我是美丽的。"

沈家明喜欢美丽的女人，和很多男人一样。他并不掩饰这一点。

有时候也约了见一见，约在某个酒吧，或者餐馆。

只能是这样，约好了时间，没有什么形式和认出对方的方式，站在几米之外，同时打电话的两个人，一定就是对方了。

所有自信美丽的女孩子或者女人，都撒了小小的谎。沈家明忽视了，这是女人的天性。

也不是不美，但离感觉很远。现实中，更因为失去网络间的一份神秘，直接面对的语言，显得苍白而空洞。她们不是他要找的人。

她们不够美丽。不单单是外表。

他开始失望，忽然觉得可笑，冷不丁把曾经用过的名字换掉了，换成了"本市无美女"。

只是希望能邂逅，内心的那种美女，无论是否有故事。有时候一个男人的寂寞，需要女人来驱赶。是心理和生理的共同驱赶，缺一不可。

他从来不是背负着感情和生活承诺上路的人，沈家明是个真实的男人。想要什么，喜欢什么，并不加掩饰。

也没有想到碰到我。一切都是没有想象的，在有信件交往的日子里，只让自己相信了，对方，是个内心能够相通的人。

当了朋友对待，美丽与否，是最初就没有在意的。

一切都没有预谋，一切都发生于感觉的迸裂。因此值得原谅。

后来他已经不想再见了，或男或女。他已经失去感觉和愿望。沈家明开始用另外的方式熟悉了这个城市。他知道在哪里买东西，知道哪里有喜欢吃的手擀面，工作也渐渐进入了轨道。

后来有过一次意外，唯一的一次。

6

那时候我已经邂逅他了，仅仅是邂逅。在网上。

秋天刚刚开始的时候，和沈家明曾经在网上谈得很投机的一个女孩子，忽然打电话给他，告诉他，在车站。刚刚从北京过来。

他去车站接她，在路上，想起曾经说过的很多话。她是个极度自信的女子，在北京学习艺术。她说，她的身心都有种孤傲的美丽。不仅仅因为艺术。

他在车站见到了她。

她略显单薄，极尽平凡。她并没有被艺术雕刻出痕迹，哪怕是病态的痕迹。沈家明见过很多从事艺术的女孩子，她们也不美，可是充满诡秘的魅力。

她不是，她同走过街中的，相貌平平的女子无异，甚至目光略略的，有空洞感。

他不知道她的自信从何而来，抑或那种自信，是自己强迫自己放置在内心的。

声音也不好，语言有些苍白。他不喜欢，感觉彻底丧失。

他没有流露出任何感情，他问她："怎么忽然过来了，吃过饭吗？"

她说："想你，想见你，怎么你不高兴吗？见到我你不高兴吗？"

沈家明笑笑："因为没有想过，所以多少有些意外。"

"我知道你会意外。"她笑，"我具备让男人感到意外的资质，我很自信。"

沈家明依旧笑，没有说什么，带她去吃饭。在吃饭的时候，她始终有所暗示，那种暗示近乎是透明的。她根本没有想到对方的感受，根本没有以为，也许会被拒绝。她真的太自信了，自信得过分而盲目。

后来沈家明问她："你几岁了？"

"二十二岁。"她不加掩饰，"可是我已经很成熟了。"

二十二岁是不需要掩饰的。

因此，沈家明原谅了她的自信。她年轻，有什么好说呢。可是他不知道应该怎样收拾结局。她的目光越来越迫切。她相信一切水到渠成，一切不会有差错。

沈家明带她去了酒店，在他想要告诉她"你回去吧，时间不早了"的时候，他做了一分钟的停顿，他不知道自己的拒绝会带给她什么。即使不是伤害，也必定是摧毁，对她自信心的摧毁。

其实她没有别的什么了，除了自信。

于是沈家明带走了她，在一家酒店，有了短暂的缠绵。前台记录的登记时间，不过两个小时。之后，他才告诉她："我要出差，真的很不巧，送你去车站好不好？"

她答应了，她心满意足，她的自信心没有被挫伤。这是她来的目的。

沈家明为她买了回程的票。

十二个小时后，她打电话给沈家明："我到了，你想我吗？"

"会想的。"沈家明说，"你保重。"然后说："不管以后怎样，都开心一些，不用记得我，你要知道，我是个很容易忘情的男人。我不够坚持。而你那样美丽优秀，你身边出色的男人那样多。"

"男人都是忘情的吗？"她有些幽怨，但并非怨恨。语气是娇嗔的。

"也许吧。"

那是沈家明最后对她说的三个字，他知道在她走的时候，一切已经结束。而事实上，什么都没有开始。他只希望，她能够真正长大，丰富一些，再丰富一些，以填充那份自信。

"就是这样的。"沈家明说，"是我一年中关于网络的全部。过去的，网络和非网络的，你还要听吗？"

我摇头，看着他："你是个忘情的男人吗？"

"我不是。"他肯定地回答，"而这一切，于你无关。你和这些事的本身，没有任何关联。"

"我有什么不同呢？我们相识于网络。"

"我们相识于前生。"沈家明拉起我来，"我是一个怎样的男人，你不了解，也无从了解。对你，这一点并不重要，重要的是，你要记住我的话。"

"哪一句呢？你忘情，还是不忘情？"

"记住生活。"他说，"记住黄昏除了是黄昏，还是晚饭的时间。走，我带你去吃饭。"

"可是。"我固执地将他的手朝后拖着，"我还想知道，你是个好人吗？"

沈家明停下来，想了片刻。很认真地在想，然后转头看着我："我伤害过别人，也曾经被别人所伤。可是，我是个好人。"

我涩涩地笑了："我是那种有很多心的女子，可是，我也是好人。"

他盯了我三分钟。

我仰起头来。

我知道我骗了他，我还知道我们骗了对方，在某些事情上。我有感觉，沈家明的情感或网络生活不会那样简单，即使，在我以这种方式出现之后。

我有感觉。无端地，可是很清楚。只是我知道，他不会说，他说出来的，都是一些无关紧要的情节。他不说，因为他并没有真正放得开，他害怕伤害我。

那么，他真是一个好人吧，有一颗并不坚硬的心。

7

沈家明一直将我送回去，回去的途中，去超市买了一些食品、水果、牛奶和切片的面包。

"早上可以吃点面包，晚上喝一些牛奶有助于睡眠。"他将它们一样样塞进冰箱。

"你失眠过吗？"我在他身后问。

"当然，有思维的人都有过失眠的经历。"他头都不抬。

"那你觉得，喝牛奶管用吗？"

"如果你相信，一定有用的。"他回过头来，"可是你什么都不相信是吗？"

"不。"我摇头，"我也相信一些事情的。比如，我相信治疗失眠最好的方式，是做爱。"

"在没有人可以做爱的时候呢？"

"我只能失眠。"

"家宁，非要这样不可吗？非要这样对待自己。"

"我在爱自己，我不是吗？"

沈家明盯着我："那就找个最正确的方式，将自己爱到底。"

"我努力。"我冲他笑笑，"可是你可以让我今天晚上，继续好好睡下去吗？"手指，开始在他的身体间游走。

我喜欢这个男人的身体，那种喜欢，超出了我自己的想象。

"我希望可以拒绝你。"他说，"可是我的力量越来越不够。"

"可以不想那么多吗？"我喃喃地闭上眼睛，"过掉一晚是一晚，过掉一冬是一冬。有什么是非要介意不可的呢？原本，就没有人知道未来是什么。"

沈家明在身后掰我的手指："对别人，我愿意如此，因为我害怕负担。但是我怕你不行，我怕你不具备遗忘的力量。"

"怕我会从此纠缠不休？"

"是，不是对我，是对你自己。"

"沈家明。"我一粒一粒解开他衬衣的纽扣，"你怕我爱上你。"

"你会吗？"

"不会。"我说，"爱上的，也只是身体。"

沈家明叹了口气，敞开衬衣，将我包裹进去。

心跳啊跳地，跳动着，停止下来。对我，他的身体有无与伦比的力量。唤醒一切，淡化一切，抚平一切，遗忘一切。

8

我没有留他，他没有说要留下来。我坐在床上看着他一件件穿好了衣服，有条不紊地。

"我不能守着你入睡。"他说，"在你睡觉的时候，我一直失眠。"

我扯了睡衣套上，从床上跳下来，去隔壁的房间拿了一条毛毯。"你的被子不够柔软，妨碍睡眠的，把它放在被子下层，会舒服一些。"

"我需要吗？"

"你以为你的生活处处都照顾得妥帖安逸吗？"

"好吧，我需要。"他接过来，"要还的是吗？"

"要还的。"我重新钻进被子，"所有借的都要还，说好了，只是借。"

"好的，借。"他亲了亲我的脸，"如果可以，能还的，我都还你。在我离开的时候。我不介意你的小气。现在你可以睡着了吗?"

"喔。"我再次眯起眼睛来。我知道那种神情是暧昧的,我的心却是清醒的。只是他不要看到的就好。

第十四章

我在写一个故事，我们都不要当真

1

十二月六日。阴。星期六。

早上，简单收拾好了自己，打开电脑，我决定开始记录一些东西。

是昨天晚上沈家明走的时候，我忽然决定的。忽然地，想把它们记下来，把这十天中发生的所有一切记下来。我几乎无法相信不过是十天，从我搬家，从我见到沈家明的那个黄昏，日子才走了短短的十天。

却有很多事情忽然发生了。这些事情，也许用很多年都不会发生。多么繁多啊，没有哪一件事是轻松的，可以轻易解决或者安置的：换一个新的住所。和认识了几个小时的男人上床，以不可预想的激情和震撼。热爱飞翔的男人折断了翅膀，跌落在戒毒所中。因此辞掉做了两年的工作，放弃坚持了一年的爱情。

都在这十天之中。

只是十天，一个叫沈家明的男人奇怪地出现。然后由身而心，步步为营，十天之后，这个男人在我心里扎下根来，以我不可预知的方式。我把握不了这个故事的走向。并且怀疑自己，是不是还能具有曾经的，遗忘和放弃的能力。

他不是用时间来占据什么的，我们之间，最少的就是时间。五个小时的相处，五个小时之后的缠绵，让我疑心，会不会需要一辈子来忘记。

这些感觉无端地出现，而这些无端出现的感觉，短暂而致命。

我想我要把它记下来，我要一天一天地看着它朝前走去，我不用担心自己无法坚持，因为无论怎样，离结局都不会太远。

都将以最后，沈家明同这个城市的告别落幕。

不管我是不是情愿。

那么我怕什么呢？

2

有整整半个小时，我对着电脑发呆。

忽然发现不知道应该从哪里记起，从哪一天，或者哪一个地点。还有一个将要被记录的故事，它应该有一个主题的，像我写的那些小说的名字。

屏幕已经退回到保护屏的状态，一些彩色的亮点在一片黑色中游移。

有些茫然。

故事并未结束，距离结束，还有几十天的时间。虽然结局隐隐浮现，过程却还会有许多我想象不到的情节，那些情节最后会改变故事的走向吗？我该以什么命名它呢？

想了想，点击"ENTER"，敲下的第一行字：未知。

然后是时间，和沈家明第一次见面的时间。十天前的那个黄昏。一切都由此开始。

在写到一些东西的时候，我作了很多次停顿，我发现回忆是件很伤神的事，即使回忆的片段，刚刚在眼前消失。可同样是一次重复的过程，按照顺序，重新走一次。

所谓的回忆并不单纯是幸福的，根本上，是一种磨折。

却真的不能无动于衷地，任这个多事之冬随风而去。那将成为另一种磨折，而且我不甘心。也有过很多事情，莫名其妙地丢掉了，以后想的时候，感觉到空白。但并不心疼，因为实在没有什么值得记忆。

这和时间的长短真的没有关系。我有种太强烈的感觉，这个冬天，平静地到来了，却不会平静地离开。我不能漠视它正在发生的一切，一个突然出现的人，一段看似平淡的，并没有脱离凡俗的都市情感。

我知道这中间一定蕴藏了什么，是我所不知的，却将改变我生命的走向。

所以我记录，不再因回忆的痛苦而抗拒。

3

写字的中间我打开冰箱找来了东西吃，在切片面包里抹了一些奶酪。饿的时候，它们都会变得可口。

屋子里暖气并不好，空气是偏冷的。打字的时候，手指更加冷。很奇怪的现象，所有使用电脑的人都会知道，打字的手指，总是左手是暖的，而右手是冷的。

我一边吃着东西，一边走去另一间屋子找去年买的电暖气。想起亦舒写过的一个女孩子，因为冷，去商店买电热毯，卖货的老伯说："孩子，你需要的不是电热毯，而是一个男人。"

女孩儿摇头笑："可是对于取暖，我觉得电热毯更安全。"

冷不丁笑了。

好像我知道，对于失眠，我需要的也不该是安眠药，也应该是一个男人的身体。可是相对而言，安眠药的副作用，会小一些吧。即使有所损伤，也不会损伤到心。

把电暖气拖出来，拂去上面的尘土。在屋子里找插座的时候，门铃响了起来。

不知道会是谁，一边咬着面包一边去开门。

一个穿了蓝色工作服的男人在门边说："装电话。"

他的身后，韩正阳探出身来："李小姐，我们来过三次了，你好像都不在。"

我闪身请他们进来，把最后一口面包扔到垃圾桶中："是，这些天，我外出。"我知道有一次，有人敲门的时候，其实我是在的。我和翅膀，我们都在。我在用我自己的方式，完成最后的爱情。

拒绝打扰。

我笑笑："旺仔怎么没有来呢？"

我喜欢那个小孩子，我喜欢所有的小孩子。

"他很调皮的。"韩正阳环视房间，"电话线走上端吧，弄高一些，然后绕下来，这样方便。"他示意那个工人，"这样，从这里，对。"

我站在一旁，不晓得应该做什么，搬了很多次家，从来没有碰上过这样的房东。热心得让我不安。

"李小姐。"沈正阳说，"你……"

"叫我家宁吧。"

"好。对不起我……"

"没有什么。是我习惯别人叫我的名字。"我转身将文档关闭，"现在还真的需要电话，谢谢你。"

"没什么，本来应该先处理好的。对了李……家宁，你在报社工作对吗？在副刊。"

"以前是，不过我辞职了。"

"这样啊。怎么好好地不做了呢？换工作了吗？换去哪里了？"他很小心地问。

"暂时没有，在家里写一点东西。"

"也好啊，自由一些。以后有什么事情给我打电话吧。"他说，"我的电话是……我给你写下来吧。"

我点头，找了张纸递给他。我不能够当着他的面，把号码写在他家的墙壁上。我以后也不会再将任何人的号码，写在墙壁上了。

我喜欢他写的字。

"韩经理，这样可以了吗？"那个工人将线一点点布好。

他答应着抬起头来："可以了。家宁，现在你可以上网了，宽带也接好了。"

"谢谢。"我将纸收起来，想着那个工人对他的称呼，问："你在电信工作吗？"

"是，就在附近的那家营业厅。有事你也可以直接过去找我，我基本上都在的。"

我再一次谢了他。在他离开后，重新看了看他的电话，然后塞进了一叠白纸中。我想我不会有什么事去找他。

4

在电暖气干燥的温暖中，继续写故事的开端。

几分钟后电话响，是韩正阳。他说："试一下电话。你知道号码了吗？家宁。"他好像停顿了一下，才叫出我的名字。是不适应吧。

"对，你没有告诉我，不过我可以用电话打一下手机，这样就会知道了。"

"好的，再见。家宁。"他又叫我的名字。

"再见。"

确认了电话号码，将写下的几千字保存。然后上网。

QQ上有心舟的留言："你去了哪里，这几天，你好像消失了。"

我告诉她："不是消失，是自由了。"

宝心也有信件："你都快把那个男人气疯了。只是我有些孤单。也快没有恋爱谈了，他要走了，去上海工作两年。真让人灰心。好在，还可以等他回来。"

"有空来玩吧。"只说了这样五个字，别的还能说什么呢？两年，不长，也不短。对于生命是个瞬间，对于爱情，可能会是一辈子。真的不要等，不要为了等待而等待，我害怕她会失望。我害怕她等回来的，不再是当初的爱情。

可是她还是幸福的，有人可以等。

我也等过，结局无一例外。不知道是爱情的共性，还是我的运气不够好，始终没有碰上该等的人。到了现在，不再希望什么，只肯拿了它，抵抗某一段光阴。

真的不盼望永远吗？真的不想，把谁留下来，温暖以后所有的冬天？

问了自己一下，拒绝回答。我开始认不清自己。

找了找，沈家明不在网上。不是想找到他，潜意识中，希望他是不在的。希望因为我，会有段时间，他冷落网络。即使，这不是他的只是我自己的故事，我愿意他能投入一些，再投入一些，把他的角色演好。

不再为了什么分心。我有我的自私，很小心的自私。

我要写的，在我自己的心里，好像是一个爱情故事。可是我知道它不是，后来发生的一切，也告诉我，它不是的。可是真的像最后沈家明说的那样，爱情也没有那么疼。

疼爱的疼。

我不可以从现在开始抱怨。

想了想，给沈家明写了一封很短的信，说：我在写一个故事。我会把你写进故事里。可是你不要当真。如果有一天你看到了，一定，不要当真。

分明觉得在给自己找一条可退的路。

沈家明说我常常撒谎，他说我，言不由衷。可是我没有办法。我比他更加害怕，我会爱上他，在如此短暂的时间里。

可是，我没有爱上他吗？我没有用我的爱情方式，爱上他吗？

不能一问再问。我再次逃避开，在电脑上，继续故事的发展。

这不是真的，真的不是真的。我开始告诉自己：只是一个故事。不要当真。我们，都不要当真的吧。

5

晚上，沈家明打来电话的时候，我看了看显示的号码。0431 的区号。

长春。他没有说，忽然就去了那么远。一天之间。

区号我并不是太陌生。半年以前，很多个晚上一直看到它。在邮件和文字中有过很长交往的，长春某家杂志社的女子芳华，忽然在一个晚上打电话给我："家宁，是我，芳华。"

我很意外是她。电话早早留过了，因为礼貌，一直没有打，一直没有。已经过去了两年多的时间。"我离婚了。"她说，"就在今天。想找个人说说话。熟悉的太熟悉，陌生的太陌生。"

"我知道。"

"其实，不是不开心，只是有些闷。任何一种生活过下来，好也好，不好也罢，会习惯的。改变，总要碰碎一些东西。"

"我知道。"我真的知道，可是，还应该说什么呢？

那天晚上两个从来没有过电话交往的女子，听着电话里彼此还陌生的声音，有一句没有一句地说话，并不流畅，大多时候她在说我在听，可是心里的感觉，是透明的。

"还会再结婚吗？"说了好长时间以后，我这样问她。

"不知道，女儿三岁了，跟着我，想象以后有她在身边，也觉得很好。也许会有情人吧，至少几年之内，不会再想要婚姻。家宁，我发现不是每个人都适合结婚的。"

"多好。"我说，"你还有女儿。"

"是呀是呀，看着她的时候，我觉得生活很满足。"

就这样从那年夏天开始，几乎每隔两天，芳华都会有电话过来，有时候她用卡，只能看到 0431 的区号，和后面长长的一串零。

我相信了每个人都是这样，内心的，或者生活的一些东西，都是需要有另外的人分享或承担。不一定是最熟悉的人，可是一定要全心全意地相信对方，相信对方懂得，相信对方愿意也会好好的，将自己的心情和心事存档。

守口如瓶。

如芳华信任我，而我信任沈家明。一切信任都是无端的，因此珍贵。

6

　　电话里传来沈家明温暖的声音："在长春呢。很大的雪啊，是你喜欢的那种，铺满了整个城市。"

　　"怎么会在长春？"

　　"出差，突然决定的。"

　　"哦。雪很大吗？冷不冷呢？"

　　"还来不及感受，只看雪了。"他呼一口气，"感觉到了吗？"

　　"舒爽吗？"

　　"是的，家宁，刚才在想，不知道牵着你的手在雪中奔跑，会是怎样的情形。"

　　"我跑步很快的，我喜欢奔跑。"

　　沈家明笑，笑了片刻问我："吃饭了没有呢？"

　　"吃过了。"我想，别再问我吃什么。

　　"吃的什么呀？自己做饭了没有？"

　　我将身体努力朝向椅子后面的靠背："做了，如果你不相信，那就是吃的水饺。"

　　"知道是水饺，家宁，我讲个故事给你听好不好？"

　　"好。"

　　"莫言小的时候，家里很穷，吃不饱饭。后来有人告诉他，县城里有个作家，非常有钱，可以一天三顿吃水饺。那天莫言决定，以后一定要当作家，为了一天三顿吃水饺。他成功了。"沈家明又笑，"你呢？是为了一天三顿吃水饺努力当作家，还是因为已经做了作家，所以一天三顿吃水饺？"

　　我笑出声来。

　　"家宁，真是喜欢听你笑。"

"我笑的时候，你身边的雪化了吗？"

"你笑的时候，我的身边春暖花开。"

"沈家明，你不是习惯恭维别人的人。"

"只是喜欢你开心。"他说，"刚才踩着雪回来，给你申请了一个新的信箱，你不是说想要个新信箱吗？可以看不到的你的名字的。"

"是呀。"我说，"朋友帮我申请了一个，一直用到现在。想换，自己懒得去做。一直拖下来。"

"自己做主帮你取了个名字，SNOWTRAIN，喜欢吗？"

"开往雪域的列车？我可以这样理解吗？"我说，"喜欢啊，喜欢雪，也喜欢火车。我从小就晕车的，每次出门，宁肯绕很大的圈子，也会选择坐火车。在火车上的很多感觉特别好。你知道我出生在西北，出生的时候，下很大的雪。"

"大体是吧。开往雪域的列车，你的解释也许更精确，密码用了你的生日。"

"你知道我的生日？"

"在某一篇文章中看到过，你说有一家银行营业员的工作号码，和你的生日是一样的，因此，你总在他的窗口存钱取钱，他的号码让你觉得亲切。"

"你记得那么多，我会很骄傲，会以为你崇拜我。"

我笑了。很久以来，我将父母的生日作为一切生活的密码，信用卡、信箱或者手机。这次不改了，当做唯一的例外吧。

我不想忘记他，我还不知道我是不是一个真正善于遗忘的人，可是我想用这个信箱，作为无法忘却的记忆。只要网络还在。

并没有告诉沈家明，我已经辞职，已经离开了报社。有种感觉，他是不赞同的。他原本怕我孤单，哪怕是形式上的孤单。我偏偏这样选择了。

"你在做什么呢?"他听我笑了半天继续问，"在网上吗?"

"不，没有。我在写一个故事啊。"

"对，我看到了，我看到你的信。你说在写一个故事，你要我，不要当真。"

"是。"

"好的，我不当真。可是，我能看一看吗?"

"一个段落之后吧。可以看，或者保存，但，不要发表任何见解，任何的。你只是旁观者，没有发言权。"

"旁观者往往是清楚的。"他笑，"不过我同意，可是你要保证，不要把我写成一个很坏的男人。"

"难说的。"我笑笑，不再同他分辩。不知道为什么会答应将故事发给他看。我觉得自己别有用心，我要影响他什么呢? 像他说的，非这样不可吗?

第十五章

他说：你总是这么狠地对待自已吗？

1

沈家明在长春的两天，常常有短信发过来。都是很短的话：你今天好吗，小猫？或者：如果一定要吃水饺，记得水要煮开三次。

而每次打电话，第一个字，都是冷不丁地："猫。"好半天才说后面的话。

那个字，开始动荡着纵横着触动我的心脏。

也有邮件，他找了一些网上的短文章，发给我。都是一些平常的，看了可以简单开心一会儿的小片段。都是用这样的主题：知道你不会自己找来看的。

我不是一个非要伤心不可的人。其实有时候，我喜欢单纯的快乐。他真的不该担心我，一个在疼痛的时候，会主动寻找另一个人承担的女子；一个失眠的时候，会找一个身体做爱的女子，他有什么理由要担心我对自己不好呢？

我一边答非所问地回复他的短信，一边开始适应这种纯粹自由的日子。时间彻底模糊了，任何时候，夜晚或者白天，可以不再顾及时间。

真是安静啊！坐下来，听着自己打字劈里啪啦的声音，再也没有别的什么了。

想不出这个样子是不是孤单，只是我还需要适应。

每天给他写一封信。所有的话都是无关紧要的，好像只是随意地，和一个陌生人说说心情。很小心地不流露出什么，而真正的主题只有我自己知道，叫做想念。

我已经养成了每天给他写一封信的习惯。这让我觉得心里安慰。

整整两天没有出门，冰箱里渐渐空起来。午后的时候，感觉到有点饿。因为饿，心情似乎也有些茫然。决定出去走一走，买些东西回来好继续后面的日子。

沈家明没有说什么时间回来。

长春，比北京远好多的城市。如果他再不回来呢？如果这一次，他是彻底地离开，日子又会怎样呢？我会因为没有防备，而措手不及吗？

想必也会如此吧，在消耗掉了他留下的东西以后，在确认他不再回来以后，自己慢慢收拾，慢慢打理。

其实早几十天晚几十天，又会有什么差别，如果注定了是彼此生命中的过客。

这样就好。

2

一步踏出楼道的时候，明晃晃的阳光让我不知所措。这两天卧室的窗帘始终没有拉开，屋子里一直亮着台灯。两天前外面在下着雨，感觉还停留在一片灰蒙蒙中。

站了片刻，将挡着阳光的手背移开，慢慢适应起来。

楼前的阴影中，有积存的雨水结成的冰。忽然感觉到冷了。空气像极了冬天的样子，冷得清澈而透明，不再模糊不清。天空是蔚蓝的，蔚蓝且高远。

在超市里穿行着，拿了很多东西朝手推车里丢。电话不依不饶地响起来，是深圳的青青的手机号码。我熟悉他的号码是因为我们常常通电话。

我退到一个稍微安静的货架旁，听到他说："家宁宝贝，我在山东，在离你不远的济南。这是我第一次，也许也是最后一次过来。明天我想要你陪我爬泰山。早上我打报社的电话，他们说你辞职了。所以不要拒绝我，我知道你有时间。"

青青是个男人，我们认识已经四年，没有见过面。

已经熟悉到了见不见都无所谓的地步，曾经他是我的编辑，我唯一的一个异性编辑。后来我们成了彼此的编辑。青青写很棒的杂文，我能想象得出他很年轻，可是很锋利，也有些偏激，这些成就了他的个性。

每个人都知道，青青是个固执的独身主义者。南南北北，他有铺天盖地的情人和朋友。他曾经扬言，要在所有走过的城市里，留一个情人，留一个安身之处。

只是不要家。

不知道他最后做没做到，是不是一直还在做着。我倒不担心什么，一个二十八岁的英俊男人，一个独身主义者，如此的愿望，他的资本和时间都足够。

我很喜欢青青，这和他的生存原则无关。而且他是坦白的，一切坦白都值得尊重。

几乎在认识很短的时间里，通过电话和信件，我们就成为了很好的朋友。偶尔在电话里，他很暧昧地叫我宝贝，也叫我小乖。我并不介意，他没有什么意图，他喜欢女人，也知道怎样疼爱一个女人。不是爱，是疼爱。

"宝贝你说话呀！"

他在电话里喋喋不休的时候，我在想着要不要去。

我没有想过要见青青，这一辈子，即使有一天我会去深圳，去到他身边，大约也是不会去见他的。因为觉得我们太熟悉了，不再适合见面。

超市里在反复放着一首歌，我不知道是谁唱的，也不知道歌的名字，只是知道它很快会流行了，也许是已经流行而我未曾察觉的。

城市的节奏就是如此，也许两天不出门，很多东西就已经盛行过已经开始被淘汰。

"你说话呀，宝贝！不忍心，对吧？不忍心我一个人朝着那么高的山上爬吧？在离你如此接近的地方。"

"一个人？你的美女呢？"我终于开始说话，"你在济南的美女呢？你不是今天来的吧？如果是昨天来的，你应该已经有人陪伴了。"

"我的名声已经如此不堪？"他哈哈大笑，"是杜撰的，你相信？"

"我什么都相信。"我说，"相信此刻，你的身边也有美女在卧吧？"

"你真的不来是不是？"他不再继续调侃，"你不怕伤我的心？"

"我怕。"我把拿在手里的东西一件件摆回去，"你知道我怕。"

"那好，今天晚上泰安见，宝贝。我在车站等你，在火车站。知道你喜欢火车的，固执的小女人。"

固执？

固执是我的通行证。

3

于是我又两手空空地回去，简单收拾了一点东西奔去火车站。饥饿的感觉，再次被向后推去。三十分钟后，我知道有一列旅游双层列车，会开往我要去的地方。

不用向任何人交代。

这是自由的好处。

快要到达泰安时，给青青打了个电话。他说："我已经在火车站，你走出站口最右边的通道，我会认出你来的。"

十分钟后，我看到了青青。纯棉外套，黑色休闲裤，肩上搭了黑色的登山包，头发不长不短，是人群中最最英俊的男人。在他微笑的时候，习惯地用左手抚过额前的发，那些黑色的发顺着他的手指轻轻跳跃。略略瘦削的脸，脸的轮廓像小说中描写的，有着美丽而忧伤的线条。

真的是个好看的男人。

"家宁。"他伸出手，"是你对吧？宝贝。"

再没有任何的陌生感了。我听到他的声音，飞快闭了闭眼睛，在短暂的黑暗中，他的声音让我感觉到一切是那样熟悉平常。

"是我。"我说。

他靠过来很轻地拥抱了我，时间不长不短。然后他松开手，接过我的包来："我们先去吃饭，然后，去爬山。"

"晚上开始吗？"

"晚上。这样明天早上可以看见日出的。"他有些兴奋，"好好吃顿饭，我们去买纯净水和面包，当做明天的早餐。你不可以撤退的。"

"一定。"我说，"我答应你了，来了，就会坚持到底。一定的。"

不再有任何寒暄，一切的寒暄都是多余的，我们的心，已经相识了整整四年。从来没有说过对对方的感觉，没有说喜欢对方的文字，或者其他。却真的可以放心信任。

去年的时候，差不多同时，我和青青都出了自己的第一本小说集。谁也没有寄给对方，却不约而同地去买了一本回来，说：一定要买的，这是一种情结。

我们是注定了要做朋友的。

只能做朋友。

4

吃饭的时候，青青问我："你是不是已经登过泰山好多次了？"

我摇头："没有。真的没有。一次也没有。"

"怎么会？那么近！"他皱皱眉头，样子有点可爱。

"可能，是因为太近了。"我说。

"有道理。身边永远没有风景。而我们越过千山万水寻找的，其实都是别人身边不被留意的景色。"他给我倒水。

美在距离之外。这样一个道理，适用的并不只是感情。

其实我骗了青青，几年以前，我登过一次泰山。但只有一次，同许可一起。

不得不再次想起这个人来。

只那一次，真的是算不上登山。中午的时候，乘车到了中天门，然后坐了索道上去，再按照同样的方式返回，一上一下，用了不过两个小时的时间。

那时候不知道，许可根本没有心情，爬一次山或者进行一场恋爱。阴影对于他，无处不在。他永远活不到阳光下。我真的不知道，现在在监狱里的他，是不是才真正地解脱了。

想必风景是同样的。山还是那座山，意义却不同。所以我不觉得，我来过泰山。许可也没有来过，他这一生，经历的很多事，都是空的，都是虚幻的。

但如果不是因为青青，恐怕这座山，我不会再找机会重新攀登一次。

我甘心忘记。

是真的饿了，在青青的注视下我一口气吃掉了两碗米饭。他试图阻止我："不用担心，我不会让你饿着的。别吃得太撑了，对身体不好。"

"可是我已经一天没有吃东西了。"我坦白地看着他，"我很饿。"

"怎么把自己弄得这么惨？你身边的男人呢？"他用漂亮的眼睛盯着我，"他们不会照顾你吗？"

"你身边的女人呢？"我咽下最后一口饭，丝毫不肯认输给他，"连泰山都不肯同你一起登？"

青青举手投降："家宁，如果二十年后，我们还是以这样的状态生存，我愿意改变我的人生目标，娶你为妻。"

"二十年后，青青，你不再英俊了，不再年轻了，不再有吸引力了。"我笑。

"那么希望二十年后，你还是宝贝。"他笑得更彻底。

"我们走吧。"我说，"宝贝是永远的。"

5

在火车站不远的银座超市买了一堆东西。水果、火腿、面包和纯净水，将青青的包塞满。打车去到泰山脚下时，红门外那些琳琅满目的小商店，已经亮起了温暖的灯光。

然后买了简易的手电筒和电池。

七点钟，我同青青开始从红门出发。

我没有过这样徒步登山的经历，在汽车的窗外看过的那座山，在黑暗中也衡量不出高低。很长的一段平路后，没有尽头的山的台阶，开始一阶阶出现。

经过一处检验门票的小房子后，再也没有了路灯，青青将我的手牵过来，另一只手打着手电，我们开始以最原始的方式登山。

我不知道自己是否具备突然爬一次泰山的体力，能确定的，是我的心会坚持到底。

我们并不担心对方，即使刚刚开始前行就都已经气喘吁吁。这座山对于我和他——两个常年在电脑前写作而拒绝体力运动的人，真的是太高了。

可心是坚定的。

除了手电的光亮，再也看不到远处了，能感觉到很逼近的山的险要和空旷。风在山石和树的枝干间穿行而过，发出凛冽的声音。还有突然响起的鸟鸣，在冬天的夜里，好像是某个电影的画面。可是青青在身边，我没有丝毫的恐惧感。

三个小时后，我们一步步，拉着手到了中天门。途中没有碰到任何人。冬天不是爬山的季节。好像整个庞大的、黑黢黢的一座山，只有我和青青在攀登。那么漫长的路，无数的台阶，只等待着我们两个人。

中天门外有依稀的灯火，所有小商店的门都已关闭。

根本是没有游客的。在寒冷的冬天，在冬天的夜晚。

手电已经换过了两次电池。

在中天门，我们停留了一段时间，彼此倚靠着坐在一堵房子台阶上。不再说什么，太累了。人在极度疲倦的时候，根本没有说话的愿望。

路却还遥远。

攀登带来的身体温度，在半山的寒风中飞快消退下去。我喝掉了两瓶纯净水，骤然感觉到寒冷。为了取暖，我们开始继续向前走。

因为黑，看不清山的高度，看不清十八盘的险要，看不清来路和去路。唯一的意念是向上。体力渐渐到了尽头，再也不能支出了。最后的路途，凭着机械的感觉，凭着彼此传递给对方的信任前行。

就这样十二月九日的晚上，我和一个叫青青的男人，拉着手，一步步登上了泰山。

彼此相互搀扶的情形，像极了一对情人。

但我们不是，从前不是，以后也不会是。很多信任，是情人做不到的。如果换一个角色，如果他是我爱着的一个人，我不会有这样坚定的心态，我会有所依赖，会有所抱怨，会有过度被呵护的辛苦。我会坚持不下去。

只因为是朋友。

6

凌晨一点三十分，我和青青站在了玉皇顶。

终于大声呼喊，终于紧紧拥抱。拥抱耗尽了最后一丝隐藏的体力。松开的时候，我们跌倒在地上。山的最高处，刺骨的风穿透了衣服穿透了汗水淋淋的身体。

高处原来真的不胜寒。

青青使劲敲开了一个小店的门，我们各自吃了一碗昂贵的康师傅碗面。因为睡眠被打扰，那碗面，店主索要了十倍的价钱。什么都顾不得了，那真的是我吃过的最美味最幸福的面。

还搭配了我一度最最厌恶的一根火腿肠。都是无上的美味。然后在唯一的一张床上，我和青青相互拥抱着，将身体蜷在一件军大衣下，睡了过去。

没有人知道，十二月十日的凌晨，我这样同一个男人在泰山的山顶，相拥而眠。

没有什么发生。

那一刻也没有想起任何人任何事，那一刻的心是远离整个世界的，也远离了身边的青青。他在眼前，心情却已与他无关。

闭上眼睛，睡眠袭来的时候，我感觉到了幸福。

7

如愿地看到了日出，孤单的无声的日出。

非常短暂，在金色的太阳跃出地平线一分钟后，远处的云迅速覆盖过去，覆盖了那些将要放射的光芒。

那一分钟的绚烂，好像只为我和青青而出现。

已经足够了。

青青在背后用军大衣裹着我。我们始终那样站着，站了很久，谁都没有再说什么。看着淡白的云，弥漫过山的半空。风比想象中更加锋利更加寒冷。

"我们走吧。"好长时间以后，青青说，"你太冷了。"

"好的，我们走。"我真的很冷。

按照来的路线返回，在南天门前青青有所犹豫："坐索道吧，我觉得你没有力气了。"

"我已经没有力气了。可是，还是走下去吧。这一生，我们也许都不会再登这座山了。以后想起来，会有遗憾的。"

"好。"青青将我的手重新拖过去，"那就坚持到底。"

"坚持到底。"我在风里朝他笑了笑。

这是我们唯一能够坚持的。

回归的路，远远不轻松于来时，我不知道自己透支了多少的体力和毅力，才将自己，一步步带回了山下。

再也走不动了。

离开的时候，青青背着我走上站台的台阶。在车厢门边，我拿过自己的小背包："不会再来了吧？"

他点头："你呢，会不会去深圳？"

"会的，二十年后，依然形单影只的时候。"我很努力地笑笑。

"好的，那我们说好了，不见不散。"

"不见不散。"

我上车，腿抽搐了一下。青青搭过手，将我推上去。"家宁宝贝，我爱你。"

"我也爱你，青青。"

我转身，朝着车厢的座位走去，找到位子坐下来，隔着车窗玻璃，朝青青挥了挥手，我们微笑着再见。

这是我们的爱，不是爱情。是一个人和另一个人之间，很美好的，很真实的，爱。

8

三个小时后，我站在一天前出发的站台，腿很艰难地移动，迈下一个个浅浅的台阶。太疼太疼了。不只是腿，觉得哪里都在疼。

没有力气。

站了好半天，所有的人都已离去，才一步步移出站口。走进我熟悉的，这个城市的黄昏。

回到住处丢掉背包，整个人摔在床上，不知道到底哪里在痛，而且还冷。疑心暖气管道出了问题，连人为的温暖都被拦截。

开了电暖气，盖了很厚的被子，却依旧从心里开始寒冷。

然后睡着了。没有吃东西，也没有脱衣服，蒙上被子在寒冷中昏昏入睡。

不知道手机究竟响了多久，它一边响一边振动着，一直振动着移到了我的手边。手机的振动让我迷迷糊糊醒过来。

整个空间只有手机的显示屏，散发出唯一的蓝色亮光。

没有看号码，递到耳边应了一声。

"家宁，你在家吗？你是不是在家？"沈家明的声音有些焦急，"怎么一直都不接电话，我都打了十分钟了，你在什么地方？"

"你呢？"我努力地想一想，是了，他应该在长春。

"我在你的门外，按了好半天门铃。家宁你在吗？"

"门外？"我坐起来，辨别出方位后打开床头灯。他说他在门外，怎么会？他应该在长春的，在下雪的那个遥远的地方。

"家宁你把门打开，我担心你。"

站起来的时候摇晃了一下，没有任何力气。晃到门边拉开锁，看到沈家明风衣的一角。"真的是你啊，你回来了啊！"

想笑一笑，头却痛得厉害，看着他，腿一软，跌到了他怀里。

9

并没有昏迷，很清楚地感觉到沈家明抱住我，喊我的名字，然后将我抱下楼去。

小区的对面是家小医院。一百多米的距离，他一路将我抱过去。

我一直清醒着，只是疼，只是没有力气。

他没有奔跑，快步行走着抱着我穿过街道，在路灯下走进医院的大门。我的手扯着他后背风衣的一处，用尽我全部的力气揪扯着。

只有做爱的时候，我能这样逼近地看着他的脸，他的眼睛。

丝毫都没有不安和焦灼感，忽然希望那段路可以很长。

很严重的发烧，需要静脉点滴。沈家明拥着我去注射的病房。

细细的针头扎入皮肤，让我感觉到疼痛，不由自主地呻吟了一下。

四下里，散发着消毒水的味道。

沈家明坐在旁边。

"怎么会这样？出什么事了？我只走了三天。"

我盯着护士把针头和针管处理好了，将手拿回到被子里："什么事都没有，跟你走没有关系。就是生病了吧，我每年都有一两次发烧。"

"无缘无故？"沈家明说，"你的样子像刚刚经历了两万五千里长征。"

"长征倒没有。"我还是笑了笑，"我刚爬泰山回来，可能是累了。"

"从红门登到玉皇顶，然后走下来，是这样吗？"

"你也去过泰山啊？"

"家宁。"他皱皱眉，"你应该知道，女人，有时候要学会耍赖，学会屈服，学会甘于软弱。不要什么事都硬撑，一些事做不到就是做不到，这没有什么。能做到不去做也没有什么。你跟哪个混蛋去的，这么不懂得怜惜?"

"没有混蛋，我自己愿意的。我就是想这样登一次泰山，不可以吗?"

我看着他，病房里的灯光很差，那种惨白的感觉。医院里真的不该用这样的灯光，应该使用柔和的、温馨的、暖柔的灯光。这个地方本来就够冷了。

"你总是这么狠地对待自己吗?"沈家明摸摸我的额头。

我看他一眼，不说话，用右手将被子拉过头顶去。

第十六章

谁是谁的宝贝？我不过只是他收留的一只猫

1

沈家明还是知道了我已经辞掉了工作。他反应并不是很激烈，但眼神里有种无奈。"家宁，你同这个世界的关联本来就够少了，人不是能够独自生存的动物。"

"我只是想歇一歇。"我真的是害怕同他争执什么，沈家明看着我说话时的表情过于真挚过于固执，那种表情是我害怕的，因为我会觉得心虚。

"不行。"他好像在对自己说，"如果你的生活再失去规律，失去那种人为的约束，早晚有一天，你会将自己封闭起来，毫无规则的自由会彻底毁掉你的健康。"

"你总是这样认真吗？认真地对待自己和别人，哪怕是萍水相逢的一个人？"

"我只想这样认真地对待你，你根本不了解自己，和这个世界做游戏，你不具备最基本的素质。你不是个能够放得开的人。"

"可是我一直生活得很好，至少我自己这样觉得。谁都受过一些伤害，我已经忘记它们了，并且还在一直朝前走。"

"我真宁肯你没有忘记，那么至少，你不会让相同的伤害再重复。"

"一定要争吗？一定要为我走过的路和要走的路争执不休吗，我们？"我笑着看他。我亦不知道怎样对待他，从来没有用这样的方式和一个男人相处过。

要么是爱情，要么是其他。

可是我和他，什么都不是。不是爱不是不爱，不是亲人也不是陌生人。已经做不成朋友，情人的角色扮演得也已过火。我不知道是什么，他有亲情也有爱，有情人也有朋友。而我，的确什么都不是。

"好吧。"我让自己认输，"报社的工作环境我不喜欢，我不喜欢做我上司的人，做得不开心。就这个冬天吧，我写点想写的东西，过一点自由的日子。等冬天过去以后，我会好好找份工作，在这个，或者另外的城市。"

"那么你现在就可以准备了，把你简单的经历告诉我，我帮你做份简历发在人才网上。"沈家明一点也不肯放过我。

在沈家明的固执面前，我常常不经意退缩。我觉得也没有继续碰撞的必要，时间一天天过去，告别就在眼前。还要争执什么呢？

关于我不久的将来的打算，终于告一段落。只是我疑心他是否真的帮我做了简历，发在什么人才网上。

2

继续在家里写这个故事。没有结构也没有基本的脉络，中间的很多停顿让我透不过气来。那一场雨后，天气冷起来，也让我感觉屋子里的暖气越来越差。

我坐在电脑前长久停顿的时候，手指会一点点变得冷而僵硬。

十二月十四日，午后。故事再次写到停顿的时候，我上网收邮件，很意外地，在信箱里，躺了一封来历不明的信。没有主题，是被抄送过来的，其他两个被抄送的信箱，也同样陌生。

信箱却不难听，叫做 ICEFLOWER，不知道可不可以叫做冰花。我以为是某个新杂志的约稿，或者是无聊的信息。犹豫了一下打开来，却是一封意外的信，内容简短而直接：小心沈家明，他是一个花心的男人，不仅有妻子，还有很多情人。如果你是个好女人，不要继续上他的当继续被他欺骗了。和他分开吧。附件里有他写给一个女人的信，你看着就知道了。

意外，纯粹的好奇，还有其他的心理作祟，我打开了附件里的信，主题叫做：暖暖你。

信是发自沈家明的信箱无疑，而接受者是 WINTERBABY。冬天的宝贝。

"宝贝。"他说，"我是如此爱你，在灵魂里。你是我今生不能淡漠的情人……一度地，我能在那些无眠的夜晚，在黑暗中，感觉到我向你靠近，感觉到你轻盈地飞向我，感觉到深深的吻，感觉到，一切……多年后，我知道想起你时，我的心会再度潮湿，一次又一次，直到生命的终结……宝贝，你是我心灵中永远的情人，我是如此，爱你。别再感冒了，快点好吧，我愿意用所有的一切，温暖你。永远不会离开，永远。深吻。"

看着屏幕，白色屏幕上的黑色字体。沈家明，写给他冬天的宝贝的。

我不知道信究竟从何而来。我对网络太过陌生，我想象不出其中的途径，我也不知道发信的人是谁，在最后她还说：不要问我是谁，我也曾经是他的宝贝。

我更想不出发信人，究竟怎样得到我的信箱。我盯着，忽然对网络产生莫大的怀疑。这好像是一个蹩脚的故事，可是剧情却都是真的。

又看了一遍。

忽然笑了，好像那天知道房子被卖掉要重新找房子时笑的感觉一样。

谁是谁的宝贝呢？

不过，还能怀疑什么呢？信是沈家明写的，宝贝是他叫的。情人和吻，都是他给予的。可是，又能怎样呢？一直都是有感觉的，一直都是知道的。知道他的生活中，有我所无法确定的事情存在，无法知道的人存在。那是他和这个世界保持的联系，爱人或者情人。但都不是我，从来都不是，一直都不是。

沈家明从来没有叫过我宝贝，他从来没有当我是情人。他没有骗过我。

最后看了一遍。忽然很嫉妒，这个冬天，谁是他的宝贝呢？

删除信件，手指并不轻稳，有些暗下里的抖动。什么都是预感到的，都是知道的，可是看到的时候，还是感觉到承受一切的酸涩。

宁愿什么都不知道，宁愿如此。

回信给不知名的 ICEFLOWER，说：你真的很幸福，如果你曾经是他的宝贝。

再没有什么其他要说的。如果她真的存在过，那朵美丽的冰花，我能对她说的，也只是这些。如果她想以自己的方式，让我知道沈家明是个怎样的人，这真的很多余。因为在最初，我就已经知道了。

我只是不想被别人说出来。

不由有些怨恨。怨恨一朵凋零的 ICEFLOWER。

"啪"地把电脑关了。

3

走到窗口看了看，看到很大的雾。竟然是雾，它穿行在阳光里，一切都显得模糊。雾或者阳光，在慢慢移动。不再想刚才的信，删除是为了忘记。

站了片刻，忽然感觉肚子很痛。不是平常的那种痛。一直痛，想找点药吃的时候，站起身来，发觉是经期提前来临。

一向是不准的，大多会拖后几天，不知道这一次为什么提前了。因为没有防备，早上吃了一只苹果然后喝了冷的牛奶。

灌了个热水袋贴在腹部，可是不行。因为疼所以觉得更加冷。

慢慢发现疼痛和寒冷总是相连的，总是会在一起。因为冷而疼，或者因为疼而冷。每一次都不例外。

想了想，收拾了洗浴用具去街对面的一家洗浴城洗澡。

非常想洗澡，在那一刻。愿望强烈得忍无可忍。拿了洗浴用具，飞快下楼朝着温暖的水流而去。

真是喜欢洗澡，喜欢在水中。天气寒冷的时候，更加贪恋那种浴室中水流的温度。喜欢热水由上而下滑过我的身体。可以一直在水中站着，闭着眼睛一动不动，站立很久。

生理周期的那几天，我习惯用温暖的水爱护我的身体。觉得有效。

心也在水流中以流动的姿态想一些事情，忘记一些事情。

在水流下的时候，我要自己忘记了那封信的短暂存在，开始想故事的情节。

竟然有了出奇的效果，原本因回忆的生涩停滞不前的故事，被定格在某一处，某一个眼神或者某一句话的情节，忽然就被展开了，在水流动的声音里，能够更加清晰地记起来。

身体内流出的血，在水中被冲得很淡，落在纯白的地面，成了淡淡的粉色，在某个瞬间像盛开的不知名的花，迅速凋零消逝。

接下来的几天，在写字的间隙都会跑出去洗澡。

总有一些事情可以抵挡另一些。之间不见得有关联，可是却有效。

没有再见到沈家明，每天给他一封信，说简单的话。那封信，一直没有提起。知道最后也不会提起。他还是在每个黄昏的电话里，叫一声"猫"，然后说一些话。

知道了我只是他的猫。

猫开始无比热爱洗澡。

4

若非周末，午后时，有很多莲蓬头的大浴室就会显得很空旷，很少的人来来走走。站在远一些，在雾气中看不清彼此面容的位置。

我喜欢可以容纳很多人的这种浴室。我喜欢在浴室潮湿的温度和空气中，看我的同性的身体。那些年轻的女孩子的身体。

白皙、柔润、弯曲、丰满或单薄，在水流中，透出的是一种原始而无雕琢的美丽。

她们的手指在自己的身体间轻轻滑动，也暗暗地做一些凝视。我知道她们和我一样，也是热爱自己身体的。我喜欢用手滑过我略略倾斜的肩，隐约的肩胛，我并不丰满却很让我疼惜的胸，平坦的小腹，光洁的腿。

它们对我同样充满了诱惑。我知道这样一个身体，蕴藏着我自己都无法知晓的诸多秘密。来自它本身的诱惑，让我受到伤害，也让我充满幸福。让我和这个世上的男人，无法彻底脱离关系。

我拿它们无能为力，除了爱惜。

不太喜欢女人中年后的身体，不再光洁不再有弹性。很多女人的身体上，有各种手术留下的疤痕。大多在腹部，那种竖着或者横着的暗红色的刀口，在时光之后，都如断了翅膀的蝴蝶，飞不起来也无法消失。

我不能理解。在我二十七岁的时候，我还不能够理解一个女人，为了孩子心甘情愿地无悔地付出，我知道很多女人在二十七岁的时候已经做了母亲。她们是幸福的，充满骄傲。

可是我不能，至少现在，我觉得这种幸福离我还遥远。

但是我不否认它的存在，也不反对有一天，也许我会朝着那种幸福而去。只是我现在还不能。现在，我只是站在水流下，手指抚摩着沈家明的齿痕，内心痛并快乐着。

其实我真的想告诉沈家明，我不是刻意要远离生活，我只是需要比别人更长久的时间。我是上帝用了另外一双手制造的，很多人都是。那是上帝做梦时的手。可我们是真的。谁说过，我们是上帝笔中逃跑的作业。一针见血。

可是他能明白吗？他可以知道我每天站在水流下，凝视和抚摩自己的身体时，抚摩他留给我身体的痕迹时，我对生命有怎样的热爱吗？

第十七章

你相信吗？我见过那个有蝴蝶文身的女子

1

那个左肩肩膀有蝴蝶文身的女孩儿，是在我第二天洗澡的时候碰到的。

是平常的午饭时间，我到的时候，浴室里只有她一个人在。一个人，开了很多的莲蓬头，使得整间屋子里雾气腾腾。她站在雾气里。恍然看过去，好像真的站在有阳光穿行的雾里。

到处是怕冷的人。

她在其中的一处水流下仰着头，手掌覆盖在脸上，任由水在身体上温柔地流下来。

我走进去的声音惊动了她，她移开手掌，在雾气中看了看我。

各自的面容都有些朦胧，但直觉中，她是个非常非常年轻的女孩儿，也许只有二十岁。只有二十岁的女孩儿的身体，才会挥发出那种过于年轻的、略带青涩的气息。

很完美的脸部轮廓，很完美的身体曲线。肌肤有纯白的透明感。乌黑的长发，在我走到她身边后，她弯下腰身，将头发垂到身前。

在她弯腰的时候，我看到了她左肩肩膀微微靠后的位置，文着一只墨色的蝴蝶。掌心大小，纹路清晰。蝶文得真实美丽。

一直不喜欢那种墨色的文身，几年前看了《红樱桃》之后，由不喜欢到了厌恶。

可是一直喜欢女孩子身上那种彩色的图画，有一些是贴上去的，或者也有文出的。小小的，趴在手臂或者肩膀上。在夏天的时候，她们穿着细细的吊带衣服走在街中，觉得真的很美。

那些在身体上舞动的小蝴蝶，和开着的小花。都很小，有着艳丽的色彩。

只是不喜欢墨色的，觉得是一种伤痕。

一直看着，看着水珠落在那只黑色的蝴蝶的翅膀上，飞快地滑下去。女孩儿长时间保持着弯曲的姿势洗她长长的头发。

忽然想走过去抚摩一下那只蝴蝶的伤痕。

并没有一直的那种厌恶感，一点都没有。只是想靠近。

就在那一天，我想我要把这个女孩子写进我的故事里。虽然她和这个故事毫无关系，虽然可能从此以后，我再也见不到她，见不到她的蝴蝶文身。可是我一定要把她写进去，哪怕是以生涩的笔触，哪怕她的出现使得情节生硬而无关联。

可是我不能允许自己错过。

始终看不清她的脸，却可以想象得出她的美丽。

她好像只是洗头发，用了很长时间。也好像她只是感觉水流一样。她的头发被水冲刷得顺滑流泻，她站起身来，那只蝴蝶在她肩上动了动，好像是翅膀的振动，想要起飞的样子。

一个有蝴蝶文身的，却无比爱惜自己头发的女孩子。

我看着她，笑了笑。

她也笑了笑，然后在我眼前走过去。

在她走后的几十分钟里，总觉得眼前有只黑色的蝴蝶在飞，飞来飞去，最后停落在一个女孩子的身体上。

我从来没有见过黑色的蝴蝶。一次都没有。

也始终没有看清楚她的面容和眼神，看不到来处。

2

那天下午，沈家明下班后过来教我做菜。也不用说，该来的时候他就会过来了。

我开始习惯他穿着精致的毛衣站在厨房的样子。而我站在他背后。

我们一起的情形渐渐变多，让我觉得，沈家明有很多个，我不知道哪一个更加真实。可是我能拥有的，我知道是什么。

站在他的背后，忽然想起了那封信。转过身去。片刻再重新回身，他依旧在做着他的事情，没有任何掩饰和欺瞒的表情。

不再质疑或者抗议什么了，这样的情形下，我们之间的气氛过于温馨过于纯净，像是一家人中的两个人。或者父女，或者兄妹，抑或姐弟。总之，是平和的。

但我不是他的宝贝，从来都不是。我要承认，只能承认。

然后一起吃饭。

再然后他走，或者留下来，我们做爱。

渐渐习惯了对方的身体，手指间彼此的肌肤，因习惯而熟悉。不再用眼睛，只用感觉就可以触摸一切。

"你穿着衣服的时候是个孩子，可是褪去衣服的时候，你真的是一只猫。"沈家明这样说我，"一只迷失在欲望里的猫。"

我不知道为什么，他喜欢用猫来比喻我。

"你喜欢吗？你喜欢猫吗？"我会眯着眼睛问他。我眯起的眼睛里，有我自己都可以清晰感觉到的欲望的气息。

真的是无法重新想象的，沈家明是我第一次带回住处的男人，是我第一个见面五个小时之后，就与之有了身体关系的男人。他是我心底里，唯一渴望用身体来表达对他全部感觉的男人。在那封信出现后，我的语言已经越来越少，有时候只是看着他，什么都不说，在沉默中索取他的身体。

不同寻常。

曾经有过的和男人的身体经历，之前都经过了漫长或短暂的内心的历程。即使如此，也始终保持着语言的告白，或者以眼泪以目光。

唯有沈家明，唯有他。我无法用其他的方式解释我的内心。觉得和他之间，一切的语言都会将我们推远，一切的语言都显陌生，都不足够，都太单薄。单薄得只能用身体来表达。

一次又一次。无论是身体的平缓还是迸裂，快乐还是疼痛，它们都是我的语言。

我不知道沈家明是不是懂。

我不是为了让他懂得才那样做的，是我只能如此。只想做爱，以猫的方式和贪婪。不想再说任何的话，害怕一丁点儿的声音都会出卖和暴露自己。

在我生理周期的几天，每次他来以后，做饭，我们一起吃饭，然后他离开。

3

碰到那个有文身的女孩儿的那天，我的周期彻底过去。我留下了他。

在身体的欢爱之前，在我们拥抱着慢慢亲吻的时候，我忽然说："你喜欢文身吗？"

他有些意外，我总是不说话的。他已经习惯了。

"不。"他摇头，"不喜欢。想着是一针一针刺在皮肤上，那种感觉不好。我相信文身的人，通常有自虐的心理。怎么想起来问的？"

"随便问一问。"我说，"曾经我想过，要在手臂上文一只蝴蝶，彩色的，小小的。"

"在左手手腕上，以此彻底掩盖你有过的伤痕？"沈家明的手指嵌入了我肩部的皮肤，"我不会允许。家宁，我也是个会使用暴力的男人你信不信？"

我信。我将肩膀在他手指下移开："真的不是这样，我只是喜欢。"

抬起头，看着他，并没有习惯地眯起眼睛。事实就是这样，这一次，我没有撒谎。

"喜欢也不行。"沈家明再次握住我的肩，"两年前，在上海，我碰到过一个女孩子。她很年轻，非常的美，有一双纯净的眼睛，有我见过的最美丽的头发。第一次我在地铁站碰到她，第二次，在外滩，两次只隔了很短的时间。那天我们一起吃了晚饭，然后我有所暗示，她没有拒绝，跟我回到酒店。我以为，那是一场情感的缘分。在她脱去衣服的时候，我看到她左边的肩膀上，有一只黑色的蝴蝶文身。一下子没有了任何感觉，有些悲哀……然后送她走了。她没有问我为什么，也许她是知道的，再看着她的时候，觉得那双眼睛里的纯净，已经失去了。她肩上的那只蝴蝶，让我感觉到隐藏于她身体中的风尘。忽然觉得害怕，她是如此年轻啊，也许还不到二十岁，她有那样美丽的发，可是她已经失去了自己……"

沈家明放下手去："家宁，我需要你以任何形式健康地生活。某些心境里，我是一个很守旧的男人，我不能接受一些事情。"

我笑了。笑着将他的手移向我的身后，笑着朝他的身体靠近，近得不再有任何距离。

"我见过那个女孩子，你信吗？"

"怎么会？家宁，你在想象什么？你怎么可能见到她？"

"我在梦里见过她。"

我不再说话，将自己彻底埋进他的身体中。缓缓地，放纵。

我终于知道在我看到那个女孩儿时，我固执地要将她写入这个故事的缘由。我知道是她，是那只黑色的蝴蝶，从一个城市漂流到另一个城市。然后她落在了我的身边，作短暂的停留。

我相信很多女孩子或者女人，她们左边的肩膀上，也许都有一只同样的蝴蝶。很多。

可是那一定是她。

我也相信，从此以后，我不会再见到她了。她将继续漂流，扇动着她用一针一针扎下的疼痛的翅膀。从南到北，最后再回到南方。

我们生命中唯一的一次相遇，之间其实有着微妙的关联。一切都是暗示。她一定不会忘记两年前，在上海，一个在最后的时刻，拒绝了她身体的男人。

因为拒绝，她不会忘记。可是她也永远不会知道，在我和她相对微笑的几个小时之后，我开始和那个男人做爱。我们以彼此的身体，再一次爱了对方。

这是无须质疑的。

第十八章

我的眼泪即使不为你，也会为他而流

1

十二月十九日。星期五。晴。

在那场雨过后的寒冷中，天气始终是晴朗的。偶尔会有雾，也许在早晨也许在黄昏。沈家明写给我的一封邮件里，说很晚的时候，站在窗前，看到外面忽然有很大的雾，院子里的灯，在雾中格外地美。

而十点以后，天空却是格外地蔚蓝。

冬天唯一那一场雨，结束在翅膀走进戒毒所的第二天的午后。

他已经进去了整整半个月。

半个月后，我去看望他。

沈家明陪我一同过去的，但他没有进去，在门外等我。

带了一些营养品，我不知道这样的时候，翅膀会需要什么。

以为一生都不会和这种地方有关联，所以登记的时候，我有一种错觉，觉得好像是去探监，我曾经跟一个朋友采访过监狱里的犯人，那种感觉很差。失去自由是一件残忍的事情，无论对于高墙内的他们，还是外面自由的我们。因为你看到有些人，他其实和你是一样的，可是他没有自由，他只能生活在一个很小的空间里，说特定的话，做特定的事情。

被强制着改变。

我也一直不能确定，这个世界上为什么会充满罪恶，一样的人，心的差别却可以那样大，大到无可想象。我知道他们犯了罪，他们不可以被轻易饶恕。可是在采访中，他们那种小心翼翼、唯唯诺诺的神情，那种被封闭的眼神，让我的心感觉很不舒服。

那不再是一个平常人的眼神，也许从此，他们都无法再拥有一颗平常人的心，他们的未来，再也不会有彻底的自由的放纵。

有种失去一定是永远。

可是翅膀呢？已经十五天了，十五天封闭的生活，对他是不是煎熬？对一个生性渴望飞翔，多年来也一直在自由飞翔的男人，是不是煎熬呢？

他在为他的过错付出最残酷的代价。先是折断了飞翔的翅膀，然后是失去自由。

我在那间白色的屋子里等他，屋子很小，干净明亮，有张很小的桌子。还有玻璃窗，可以透过一些外面的阳光。

我微微松一口气，还好，空间是自由的。没有我害怕看到的冰冷的阻隔。

2

翅膀出现在我面前的时候，脸上的笑容让我觉得陌生。那种笑容是平和的，但也有脆弱的成分。我习惯翅膀笑的时候，微微翘起的唇角一荡一荡地浮着冷漠和傲然。

而不是现在这个样子。

还有他皮肤的颜色，那种我曾一度迷恋的阳光下海滩的颜色，因为长时间不见阳光，而渐渐变得惨白。似乎是英俊了一些，可是却陌生。我相信那个样子的他，连自己都会觉得陌生。

毒品摧毁的，真的不只是他的身体。

曾经，翅膀是让我心痛的男人，因为他天生对爱情的薄情，我的心为自己而疼。

现在，翅膀依旧让我心痛。为他微笑中透露出的生命的脆弱，我的心为他而疼。

宁愿是前一种疼痛。可是它已经过渡下来。

"童欣然，你还好吗？"我看着他，"身体好一些吗？"

"还行，不过一定会好的。"翅膀还是笑，"每个人过来，带的都是些营养品，觉得我需要对吗？你已不再叫我翅膀了。"

"很多人来吗？"我说，"现在我喜欢叫你童欣然。"

"是啊，我已经不能够飞。"翅膀顿顿，"来的都是男人，女人只有你自己。"

我笑起来："女人需要的，是你健康的身体，你自己把它弄坏了，还要求女人来做什么？"

"家宁，你几时学得这样刻薄了？"

"我一直都是，你不知道而已。"

"以前在我面前，你不是这样说话的。你根本什么都不说。"翅膀按住我的手背，"现在，只有你来，因为，你对我已经无所需求，没有愿望。"

他不是不明白的，也许在最后相守的几天里，他已经明白。他明白我用那样的方式，和自己的爱情告别。始终是我自己的爱情，从开始到告别。

"是啊，我对你的身体无所需求，可是我需要你的心，重新起飞。"

我说的是真话。

"家宁如果我不是选择了行走，不是选择了一次次上路，如果我是一个肯安于生活的男人，我会好好爱你，娶你回家，要一群小孩子。"

他的眼睛半真半假地微合着。

忽然想笑，青青如果不是青青，他说二十年后会娶我，翅膀如果不是翅膀，他也说会娶我。说过了会娶我的人，他们都做不到愿望中的他们。

"如果你是个那样的男人，走的就会是我。"我将手抽出来，拍拍他的手背。

"是啊是啊，我都忽视了。家宁，你始终还是不能过平常人的生活，你是害怕平淡的。"

然后一起笑了。

我们是如此明白对方，可是还是没有办法。

"春节前我一定会离开这里的。"他说，"我不会留在这里过年。"

"今年过年我要回家了，我已经有两个年没有回家过了。现在，我很自由。"我说。

"回家吧，好好过个年，恢复一下元气，回来或者不回来都可以，继续找个男人恋爱。是不是好男人无所谓，只要能让你快乐，让你流泪。"

"翅膀，你，爱过我吗？"忽然问了出来，没有什么预兆的。

永远在这个问题上小家子气，在最紧要的时刻要问，在已经彻底放手的时候，还是要问。不问怎么都不会甘心，即使得不到想要的答案。

由此我知道自己，在感情上，是个彻底的小女人。我过度自私。这也是我唯一自私的。

"爱过。家宁，在我们共同度过的那段时光里，你要相信，在我的生命中，没有行走，没有其他任何人，你是唯一。我唯一的爱。"

呼出一口气来。这是我感觉过的，也是我想要的答案。

我们的身体在一起的时候，心也在一起，这样就够了。

而这一切已全部结束，可彼此的爱护依旧在一起，这样真的就够了。

想起在外面等候我的沈家明，第一次在一起的那个夜晚，我这样问过他，我说："那么你呢，你爱我吗？"

他说："我只想让你快乐。"

我知道有一天，我还是会问的。我必须向我的心作一个交代。即使以游戏的方式，即使装做不在意。

"家宁，你回去吧。不用再来看我了，至少在我离开以前。我不喜欢我们在这个地方相见。你陪我走过来，你已经做了全部该做的。不该做的你也做了。"

我点头："好，我也不想再在这里见到你。我愿意再见你的时候，我们身边，是完全自由的健康的空气。"

"一定会的。走吧家宁，外面还有人在等你。"

我没有问他是如何猜到的，也没有否认。我站起来，在门边，翅膀忽然靠近过来，伸出手轻轻地拥抱了我："好好的。我们都是。"

我们的身体有过最直白的纠葛，最后剩下的，只是隔着绵软衣衫的淡淡的拥抱。

爱过的人，走过的路。

这样的情形让我想起一首歌，第一次听到是在一个城市的候车室里，那时还不知道歌的名字，陈亦迅忧郁的声音唱出的歌词让我微微伤感：

> 十年之前，你不认识我我不属于你，我们还是一样，陪在一个陌生人左右，走过渐渐熟悉的街头。十年之后我们是朋友，还可以问候，只是那种温柔，再也找不到拥抱的理由，情人最后难免终沦为朋友……直到和你做了多年朋友，才明白我的眼泪，我不为你流，也会为别人而流。

若干天后，再次听到，我知道这首歌的名字，叫《十年》。

十年，生命中漫长的一段时光。我为谁，我知道。

为他，我不后悔。

也许以后，不会再见翅膀了。

再也不会了。我们已经，告别，在感情中，在生命里。

第十九章

是他吗？一个让你只肯用遗忘解释的男人

1

回去的途中我一直没有说话，靠在沈家明的肩上，车子里开了暖气，窗外的阳光亮亮地洒过来。相同的路途让我有睡一觉的愿望。

沈家明将我的手放在他的手心。

在一个路口，前行的车子被堵塞。司机停下车来，开了收音机听评书，并不着急，好像司空见惯。

因为是周末，可以有一整天的时间待在一起消磨时光，在哪里都是一样。我们也不催他换一条路，或者倒回去，跟着他一同听那段师出无名的评书。

不知道讲的是谁，又是什么。我们也不说话，闭着眼睛感受温暖。

那个样子，很像一对热恋的情人。如同我和青青。我和一些男人有过同样类似的情形，可是事实上，我和他们，都不是恋人，也不是情人。

我们什么都不是。

回到市区，沈家明让车子停在我们常去的超市门口。"想买件东西送你。"他说，"算是你搬了新家，送你的礼物。"

"你已经送了很多东西给我。"

"不一样的。有些东西可以叫礼物，有些不是。"

我随他进去，一直被他扯着到了玩具专柜，有很多很大的毛茸茸的狗熊、熊猫、兔子，还有灰色的考拉……

他挑了一只原白色的波斯猫，很大，很柔软，有宝蓝色的眼睛。

"你好像很喜欢猫啊？"我将它抱在怀里，感觉它的柔软。

"我喜欢很多动物。对猫，有偏爱。它不同于其他，猫是有灵性的生灵，害怕寂寞，怕冷，需要被人照顾，需要人疼。"他说，"以后你们可以互相陪伴。喜欢吗？"

"喔。喜欢。"我抱着它，"好吧，就要它。"

跟了沈家明朝外走，走了几步，听到身后，一个男人说话的声音："不是小孩子了，买点别的东西吧，这些玩具都是小孩儿玩的。"

很简单的言语，在身后不远的地方。声音，觉得异常地熟悉。

一时分辨不出，因为熟悉的感觉，下意识回过头去。

2

世界很大，一个城市终归还太小，那么长的时间，重新碰上一个人，有种种的可能性。已经过去两年了，没有遇到，真的不可以再说：世界真小。

竟然是何川。这个世界，到底有多大呢？

在我正在记述的故事里，何川是个从不曾出现过的名字。可是我提起过他，提起过一个中年男人，我和他走过一段时光，他一直叫我宝贝。而在我最需要这两个字的时候，他没有了踪影。我自己收拾了残局。

宝贝，以后渐次地多起来，可是它是多么，让人伤感的称呼。

我以为他再也不会出现了，虽然我知道，这不可能。这是大家的城市，我是过客，他是主人。他比我更有权利出现。

可是两年中真的没有再次同他邂逅。从来没有刻意地躲避过什么，包括那些和他一同走过的路，一同出现过的场所。

我不要自己去在意，在意演绎到最后，沦为的那一场泛滥在都市里的婚外情。剧情里，我是最无稽的角色，一点也不无辜。爱错了人，最后承担什么，都是不可以逃脱责任的。

他比许可更加不堪。就感情而言。

他是唯一一个主动地，频繁地说过爱我的人，可是爱从来就没有存在过，即使他在我的身体中寻找快乐的时刻，同样是没有爱的。

也是唯一一次，我没有为自己付出的感情，和最后的结局心疼。

只有后悔和遗憾。

他是个不值得的心疼的人，疼一点都不可以，都是对自己的伤害。

我用最快的时间走出来，几乎是奔跑着，离开了他。一把火烧掉了他送给我的所有的东西，烧不坏的全部丢掉，什么都没有留。

想忘记一个人，我愿意做得彻底。尤其忘记一个不值得给他任何记忆的人。我这样对待过许可，后来也这样对待了他。

可是他的声音，我却没有忘记。

我没有忘记的，只是声音，不是他。

才因此回头。

我很快就后悔了，在回过头去，看到他那双故作深情的眼睛的时候，看到他灰色的西装和领带的时候，我后悔得想给自己一巴掌。

当然，那种深情不再是对我，而是对身边，一个二十岁左右的女孩子。

并不是很美的女孩，可是年轻，即使一身黑色衣裤，一样充满朝气。

何川也看到了，目光有几秒钟的空白。然后他笑起来："家宁，是你啊，你还好吗？"

爱过和伤害过的人，问的问题都是同样的："你还好吗？"

他旁边的年轻女孩子仰了仰头，竖起了一脸的敌意。

我的身体微微向后倾斜了一下，一种下意识的动作，似乎为了拉长同何川的距离。

一双手在身后拥住我，让我停靠。

沈家明不知何时回转身来，站在我的背后。手的温度传递给我，让我不由自主掀起小波澜的心，迅速平和。

我也笑："还好。一直都很好，你呢？"

3

想起那天晚上，他的妻子找我兴师问罪，我并没有任何慌乱。我看着那个失去理智的，已经不再年轻的女人说："不是我找上他的，是他找上我的，你应该去问他。"

然后我打何川的电话，我要他来带走他的妻子。

没有打通，何川关机了。

他的妻子在一旁冷冷地笑："如果他不告诉我，我会知道你住在什么地方吗？他什么都说了。你勾引了他。可是你有什么好呢？姿色平平……"

我是在那一刻知道溃败的感觉的。

再也无话可说。忽然又笑了。然后一直笑，一直想笑。不记得那个女人到底还说了些什么，最后她狠狠地说："再让我看到你去找他，我不会像这次这样便宜你的。"

我摇头，说不出什么话来。她为什么还担心我去找他呢？我怎么还会去找他？找一个在这样的时候，明哲保身的男人？

男人？

那天何川的妻子走后，我一直都想笑，觉得这是如此可笑的一件事情。什么可能的结局都想过了，在最初的时候，甚至想过不管怎样，也不会逃避的。

也不会放弃不会让步。觉得爱有什么错？

是的，爱有什么错？

可是并没有爱，没有了爱，那一切的发生，是不是都是错呢？

错得连自己都不想原谅自己。

更没有想到的是，很晚很晚的时候，何川竟然打了电话过来，我想了想，接了起来。我不要让他知道我在恨他。

我不要恨他，我愿意我从来没有爱过，愿意什么都没有发生。无爱无恨。

他说："家宁，你听我说……"

"你想要说什么呢？说你是真的爱我吗？"

"我是真的爱你的。可是你知道很多事情……"

"我不知道很多事情。"我说，"我很累，想睡觉了，有什么事情以后再说吧。"

"你在恨我吗家宁？我担心你。"

我笑了："怎么会，我哪里有那么多的精力。我为什么要恨你？我们是谁和谁呢？你也不用担心我，我会好好的，比你想得还好。我这样年轻，有的是机会。没有什么是需要在意的。"我的声音比我要求自己的更加平静，"何川，如果游戏结束了，大家就都放手好吗？本来在一起，也是为了开心的。"

"家宁，你要和我分开，你不再爱我了？"

"我根本，没有爱过你，我只是寂寞。然后我碰到了你。"我说，"我真的要睡觉了，就这样吧。"

然后收线。吃了几片安定片，什么都不再想，蒙上被子狠狠睡了一觉。一直睡到日上三竿，睡到阳光洒满了房间。

4

努力将他忘记了。也想过很多次，再见面的时候，自己的脸上，应该会是平静的略略不屑的表情。最好眼神是陌生的，根本记不起他是谁来。

终究道行不够，只是声音，就让我轻易回头了。

也只因为是声音。

何川看着我怀抱里的猫："家宁，你什么时候开始喜欢这些东西了？"眼神，微微朝我身后一挑。

人真的是自私，明明是不爱一个人的，可是依然希望有让她心动让她伤心让她在意的能力。只是这次他真的错了，我是不在意的，而我身后的沈家明，实在比他出色。

何川将目光收回，还是笑："好像以前……"

我打断他："我喜欢什么告诉过你吗？以前我只是喜欢收集男人送的礼物，然后送给我的好朋友，省去很多麻烦。都是转手的东西，就不用介意是不是喜欢了。你都送过我什么？让我想想，香水？首饰？手机？"我一直微笑着看他，"无一例外地派上了用场。对了，嫂子好吗？那次以后我没有再见过她，替我问候她。"

何川的脸微微变色。旁边的女孩子终究是年轻，气急败坏地拉了他飞快离开。

我的心一松，有种失重的轻松。

我可以忘记他了，可我真的能够将我自己所付出的，我的身体和心，彻底地一笔勾销吗？如果我真的是自己所说的，如此能够拿得起放得下的女子，我该是多么幸福。

我宁愿一生薄情，也不愿为爱而痛。

眯起眼睛看着何川消失。

这一次以后，才是彻底了。从此以后，他会要自己不再出现在我眼前。

5

沈家明的手环过我的腰："是他吗？"

"是谁吗？"

"你唯一写过的，让你只肯用遗忘解释的人。你说他，是一种你所不知的类别，过于模糊。"

"我这样说过吗？你谁都知道是不是？"

"你说了。难道没有人告诉过你，有时候，你真的很刻薄。"

"有。很多人告诉过我。"

"可是你刻薄的时候，真的很可爱。家宁，还好，你比我想象中更有承受力，这让我放心一些。还有我也不是谁都知道，至少现在，我不知道故事里的自己，会是怎样的走向。你确定了吗？"

我回过头冲着他笑。我一直在把写下的故事给他看，可是，给他的文字和我手边的文字，有他所不知道的出入。有些东西，我想我永远不会告诉他。比如那个有蝴蝶文身的女孩子，比如 ICEFLOWER 和 WINTERBABY。而谁又会知道呢？

我的承受力，不是来自本身，而是来自我所承受的伤害。

我是被迫的，我也愿意我是个手无缚鸡之力的小女子，事事无力承担，事事有人撑着。可是已经来不及了。我一开始就错了，一开始就把负荷放错了位置，给了自己。

性格决定了一切。

而像这样，像这样本该独自面对的时候，身后还有沈家明一双温暖的手，已经是幸运。

是何等的幸运！

真的不可思议，过去很多年发生的事，在我遇到沈家明后，一件件，以不同的方式被重新翻起。几乎生硬的，仓促的。许可，眉然，翅膀，或者何川。然后他以沉默，以温暖，以他完美的身体之爱，陪我一起将那些被我掩藏着，却并没有真正了结的故事，一个个划上最后的句号。

彻底释然。

让我的心，重新有了真正安宁的空间。不再突然被过去打扰，也不再刻意掩饰，真正地，可以放到阳光下了，晾晒后遗忘，彻底彻底地。

我知道了这个冬天，为什么我要遇到他。他的出现开始一点一点，赋予我完整的意义。

我在接受。什么都不想质疑抗拒和要求，只想接受，只能接受。

我说："我们走吧。我想吃你做的饭。"

"还有呢？"

"想和你做爱。"

我的声音并不是很低，身边有人走过，一个年轻的男孩子，忽然抬起头来，以惊异的目光看我，他不能相信，刚刚我说了什么。

可是他真的没有听错。我是在告诉一个男人，我想同他做爱。我觉得我的表达和宣告光明正大。

做爱，在午后的阳光之下。

融合在爱欲中的身体，令那日午后的阳光，香艳旖旎。

第二十章

两个女人的身体，呈现的是另一种我陌生的美丽

1

十二月二十四日。星期三。晴。

我疑心这个冬天余下的日子，会有永远的阳光。会一度在透明的寒冷中晴朗蔚蓝。

中午的时候，去车站买票，坐了大巴去青岛。

这是和眉然有关的日子。她的生日，在西方的圣诞节前夕。

四年前，第一次为眉然过生日的时候，问她想要什么，她说："我们去看看海吧。"

我说："好。"

于是一起坐了四个小时的大巴去青岛。那个离我们最近的海滨城市。

喜欢那个城市的，并不仅仅是沈家明。

那天我和眉然在海边不远的地方，找了一个干净的小旅馆住下。旅馆离栈桥很近，走出一条很小的巷子，然后走过火车站，就可以看到栈桥，看到水上皇宫的彩色灯火。

海面上映衬着城市的灯光，非常的美。

那是眉然第一次看到大海，也是她，第一次过自己的生日。

我们坐在栈桥下的沙滩上，看着灯光下的海吃蛋糕。潮水好像刚刚退过，沙滩有海水留下的痕迹。没有风，海浪孤单而轻柔，轻轻地一层层地撞击岸边，泛着光泽。

因为寒冷，海边的人非常少，栈桥上偶尔有人影闪动。不似真实。

一切都是那样寂静和美丽。

我和眉然坐了很长的时间，我们看着海面，什么也不说。

来时经过的城市的街中，有圣诞节的灯火荡漾闪烁。因为那些灯火，隐约觉得城市里到处充斥着一种西方的气息。可我却不是很喜欢。

可是海是纯粹的。

后来在我们打算离开的时候，忽然跑过去一对很年轻的恋人。他们嬉笑着在沙滩上奔跑，一边奔跑一边拥抱。

然后在我们不远的地方，静静地抱了片刻。

长时间的拥抱后男孩儿松开手，找了一条长长的布带，将女孩儿的眼睛蒙上。我和眉然看着他们，看着男孩儿开始从身上的背包里拿出很多蜡烛，一只只绕着女孩儿插在沙滩上，然后点燃。烛光亮起，是一个漂亮的心形。

男孩儿解开了蒙在女孩儿眼睛上的布带。

女孩儿捂住嘴巴，好半天没有发出任何声音，忽然重新扑进男孩儿的怀抱，他们开始欢呼。

我和眉然一直看着，那是我们没有想过的美丽的一幕，因为美丽，我们的眼神里渐渐充满潮湿的温柔。

因为那一刻的烛光，我愿意相信爱情，相信美好。

即使明天他们分离，但总有一刻的璀璨会是永恒。

眉然说："真美啊，可是在我最最年轻最最美丽的时候，没有碰上这样的爱情。"

我们都没有。而最最年轻最最美丽的时候，却已经过去。那不是爱情的错，错的，是我们自己。我们没有那样的一颗心，我们的心，早已经点燃不了那样的烛光。

可是，还会有谁能带给我一刻璀璨的永恒吗？

那以后，我的心一直有所期待。

直到若干年后碰到沈家明，直到他用他的身体，在我的身体上刻下记忆时，我想起四年前的烛光，我知道我以另一种方式拥有了。

这时候我已经不再纯粹不再年轻，正走过了最美丽的时光。

我的心可以为此不再遗憾吗？

而四年后，我知道那片海滩上，不会再有谁为谁点燃一片心的烛光。可是我和眉然，却从那时有了约定，每隔四年的十二月二十四日，在海边相见。

无论我们在什么地方，无论过了多少年，直到我们年老的那一天。

有些事情，一旦承诺，一定是一辈子。

所以四年后，我如约而至。

2

四年，如果不细细地一天天计算，好像和眉然分开的日子，不过是昨天。

她在车站外面等我，车子进站时，速度放得很慢，透过宽大的玻璃，我看到她黑色的长发，她穿着纯白的羊绒大衣。

终于不再是不变的黑色了，她终于有所改变。四年后的眉然，有了一种妖娆和妩媚。掩盖了一直占据她眼神中的沧桑和冰冷。

四年，其实是很漫长的时间。我们都有很多改变。没有改变的，是对对方的爱。

跳下车子奔出来，在眉然拥抱我的时候，在她散发着青草味道的长发一丝一丝纠缠在我眼前的时候，隔着我曾经的熟悉的流动的屏障，我看到了眉然身后，一个始终微笑站立的女子。她在看着我们。

忽然有所感觉，松开眉然。看向她。

眉然没有告诉我，她会同别人同行。

可是我知道一定是她，眉然身边的那个女子。我愿意用沈家明对我的称谓来界定她的身份，虽然她的眉目间，流露得更浓烈的，是一种异性的气息。

她的头发很短，非常短，塞在黑色的帽子里，男人一样露出修剪得整齐的鬓角。穿很宽大的蓝色格子的棉外套，很松的黑色长裤。球鞋。

非常的高，有一百八十厘米。同样很高的眉然，只到她的下巴。

事实上她是美丽的，她有着 T 型台上很多模特具有的脸的轮廓，和那种冷漠疏离的气质。过于锋利，过于清晰，却纯粹。

是纯粹赋予女人的锋利和清晰。

眼神也相似，桀骜，傲气。并不是寒冷。

眉然说："家宁，她是阿文。"

阿文走上前来，把手递给我："家宁。"

"阿文。"

握着她的手，忽然就接受了。以另一个女子的身份。

不愿意继续再想象什么。

"我们走吧。"眉然牵过我的手，然后将另一只手递给阿文。阿文将她的手拿过来，握在掌心，塞在裤兜里。

是我很熟悉的感觉。天气冷的时候，沈家明也会这样待我。

3

"还住过去那家小旅馆吗?"在路上的时候，我问眉然，"不知道它还在不在。"

"不。"眉然说，"我想住铁道大厦，我们做一次薄情的人吧，忘记那个小旅馆，也善待自己一下。好不好家宁? 住最高的那一层，可以看见海的房间。"

我同意。

阿文一直用怜惜的眼神看着眉然。

三个人挤在出租车后排的座位上。

如愿地，登记了铁道大厦最高一层的一个大房间。很大的卫生间，铺着墨绿色的长绒地毯，卧室里三张舒适的床。

阿文不怎么说话，看着我的时候，会笑，没有任何的敌意。我也没有，我们爱着同一个人，爱的方式或许有所不同，可是我愿意相信，想去爱的心，是一样的。

这就够了。沈家明让我知道，很多的存在具有合理性。他说服了我。

先去了海边。涨潮。潮水一直涌向海岸。眉然的大衣在风里向后飘去。阿文的手始终在她的肩头，不是刻意的。我知道那是一种习惯。

去商场买一些东西的时候，阿文没有进去，将身体倾斜在外面街边的栏杆上，等待。

"她总是这样的，不喜欢逛街。每次我买东西，她就坐在外面等。"

这是很多男人的习惯。

出去的时候阿文却没有平常男人的抱怨，带过眉然的肩，一切极其自然。

4

在酒店的房间，为眉然点上生日蜡烛。她闭上眼睛许愿，愿望不是默默的："愿意今生，家宁、阿文和我，我们都会快乐。"

只是快乐。不要其他，富有、健康、爱情或者未来。

似乎很简单。可是只有我们知道，快乐是多么不容易。比健康比富有比爱情更加不容易。

阿文吻了吻眉然的额头。我微微别过目光。有一种亲昵，在我眼前，不是彻底坦然的。

然后去了很远的石老人的海边，一直沿着海岸线走了很长时间，三个人，以不同的姿势牵着手，不说什么，只是一直走。再没有别的什么人了。那晚的海，是只属于我们的。

车子穿行过的城市，依旧有着浓烈的圣诞节的气息。玻璃橱窗的绿色圣诞树上挂满礼物，圣诞老人的脸上洋溢着东方的笑容。

深夜了，街中依旧灯火璀璨。

也依旧，与我们无关。

回到酒店已是凌晨两点。

已经做好失眠的准备。窗帘微微透过城市远处的灯光，黑暗是隐约的模糊的。我躺在那里，不发出任何声音，听着身边阿文和眉然的呼吸，渐渐均匀安宁。

缓缓坐起身来。

房间里暖气实足，很薄的一床毛毯也是多余的。

坐了片刻，起来去洗手间，经过眉然的床边时，看到她和阿文拥抱在一起的身体。面朝着相同的方向。薄薄的毛毯下，那两具身体的曲线是美丽的，是另一种我陌生的，却是难以想象的美丽。

眉然像个孩子一样，蜷缩在阿文的臂弯里。阿文的手牢牢地包裹着她，她的头发散乱在阿文的胸前。

我想起自己在沈家明怀中的样子。相同的姿势，温暖而安全。

我站了片刻，凝视着。然后静静地走出去，打开洗手间的灯，关闭了房门。

什么也没有做，在镜子前站立着，看着镜子中的自己。

只是想看一看。在这个无法入眠的夜晚，希望看清楚自己心的位置。

5

门被轻轻推开，眉然走进来："知道你睡不着，还是一直失眠吗？"

我腾出一些空间，转回身来，背对镜子，让她站在我身边。"偶尔。"

"可以试着和一个男人一起住，可能会好。"

"有时候吧，实在睡不着的时候，会这样做。"

"不再工作的日子还习惯吗？"

"还行。有时候会觉得孤单，那种单纯的孤单，因为和身边的城市，真的没有关系了。"

我坦白，这是我不能对沈家明坦白的，我的单纯的孤单。

"一直没有好的男人？"眉然转头在镜子中看了看自己。

"有，可是好的男人，都早早结婚了。时间不对。"我也看了看她，"你有些像女人了，越来越漂亮。"

"结婚了也没有关系，失眠的时候拿来用一用。好借好还就是了。"眉然笑，"把握好分寸，当做糖来吃，不要当做药来服。糖顶多会坏了牙齿，离心脏还远，没有什么大不了的。家宁，你要好好保护好自己。真的爱也没有关系，爱什么都没有关系，可是，别投入太多了，别太当真了，别太彻底，别让自己为男人受伤……"

"我知道，你不用担心我的。你呢？快乐吗？"我打断眉然，她一直是这样担心的，担心我在爱情中，被男人所伤。所以我，什么都不能告诉她，不能告诉她，有些伤害，已经发生了，已经过去了，已经在到来。

所以我不能说。

"真的还好。阿文很疼我，我已经戒烟了。其实家宁我们不是……"

"我知道。"我知道她想说什么，她们不是别人想的那个样子，她们只是很相爱。

"阿文很小的时候，家里是当了男孩子来养的，因为姐妹多一些。她天生也有这样的愿望，后来一直剪短发，穿男生的衣服，打篮球，一直没有好好做回女孩子。曾经想做变性手术，没有得逞。她不是为了谁，是为了她自己。她觉得自己更适合做男人，已经改变不了了。"

"她很漂亮。"我说，"真的很漂亮。"

不想说别人的生活，每个人有各自的生活，只要是真诚的，都值得尊重。

"她喜欢别人说她很英俊。"眉然笑，"她真的很英俊，是不是？"

"是。"我说，"好了你回去睡吧，我也试一试睡觉。"

"再说会儿话吧，四年了，四年见一次多久呀！"她转向我，"家宁，要我好好看看你。"

　　我转回头来，在镜子映衬的银色的灯光下看着她，看着自己。四年前的眉然在我的目光里，再次回到我身边。

第二十一章

我在透支一生全部的温暖，不知道从此以后，拿什么来抵挡未来的冬天

1

眉然回去后，我写了一封信给她，好长时间没有给眉然发过邮件了。很多话，在电话里说过了，很多话，就压根儿藏着不说。

写完了，发出去。

眉然信箱开端的第一个字母，和沈家明的信箱一样，都是S。意义却截然相反，她信箱的全称是 SANDY——伤痕。沈家明用的是阳光——SUNNY。

阳光和伤痕，它们都是我的爱。我以前一直忽视，它们在英文中看起来，是那么相像。

可是信却奇怪地发错了，直到发出后显示"您的邮件已发送到某某信箱"，我不经意地扫了一眼时，才发现信发到了沈家明的信箱里。发给了阳光而不是伤痕。

因为一直给他写信，这个冬天写得是最多的，没有在意地就成为了手指间的习惯。

原来习惯很容易就养成了。

我愣了半天。

如此发出的信，恰如射出的箭，靶子不是我要去的方向，

却已经来不及回头。

不知所措地，把给眉然的信重新看了一遍。

眉然，终于，我们又见过了，终于又见了。真好，一切都如从前，见面的时候轻轻拥抱，分手的时候不说再见。真的很好，我喜欢我们这样。

谁也不送谁了，也没有哭。转身的时候，无端想起很早以前看过的一句话：我们背对背走了，可以为爱去死，但不要以为那就是永恒。可以为情欲去背叛，也不要以为那就是耻辱。

不知道怎么想起了这样的话，还是，说给你听吧。现在重新记起，觉得有一些沉疴的味道。它带了病毒，可是不见得就是有毒的。

你懂的，对吗？或者也是你，一直要对我说的。那就是，我们不要按照规则生活了，我们做不到的。我们要走的路，早就已经开始了。

这次看到你，觉得你改变了一些。可是改变真好，如果我们，都是按照自己的意愿成长的话，我喜欢我们的改变。

慢慢地问了彼此一些问题，有的说了，有的没有。而有的，压根儿就没有问。我很想告诉你，可是最后也没有告诉你，不久前，我认识了一个男人。现在我们在一起。

现在想说。你知道我的一切，需要有你分担。

真的是无意识的，在网络中。

你知道我平时不太上网，也始终不喜欢在网上和什么人说话。可是却忽然碰上了。躲都躲不开。唯一的一次，在聊天室，我碰上了他。

不是的，不是你想的那个样子。我们没有什么，亲爱的你不用担心什么，不用担心因为如此，我如何地爱上了他。真的没有。你知道我的，一直都是这样，这么多年，口口声声寻找爱情，却从没有找到专一。不肯彻底，不肯好好投入。有时候是因为寂寞，有时候像你说的，是为了治疗失眠。而我和他，这样解释好不好，就算是在这个冬天，为了取暖吧。

你真的不用担心。你一直都担心我在爱情中受到伤害，可是怎么会呢，像你说的那样，我不会太当真的。其实已经不再在乎什么爱情了，心里已经很明白。真的不会了。我已经知道我的心，日渐薄情。

也越来越不喜欢"爱情"这两个字，觉得单薄觉得虚假，觉得它们在诋毁我和这个世界的关系。所以就不再要了，也不再付出爱情里的爱。

而且他很快要走了。十五天后，他会回他的家乡，不再回来。

不是很了解他，事实上，不知道他是个怎样的人，因为太陌生了。也不想以什么样的方式去熟悉，对我，那已经不是重要的了。

熟悉的只有身体，熟悉到让我窒息的地步。原本是陌生的，却瞬间，在身体碰触的瞬间，将陌生击得粉碎。我从来没有以这样的方式同一个男人交往过，事实上，我一直在逃避，渴望被呵护被爱，却希望不要介入身体的事情。很长时间是不喜欢的。

这次不一样的。我喜欢的，好像是他的身体，喜欢和他在很冷的晚上，不停地做爱。

然后就感觉不到冷了。呵呵，取暖吧，真的冷的时候，取一会儿暖又如何。

也是喜欢这个人的，有时候，喜欢他打电话时，忽然说："猫。"

他叫我猫。

做猫是好的吧，虽然猫的内心找不到专一，可是它自己是快乐的，需要被疼被呵护，而且，它有九条命，多好。每次他这样一叫，我就会觉得心被扯了一下。

不会留下什么的，若干年后，存在我记忆里的人，不会太多。

一切离心都还很远，我想要你放心，我不是孤单的。身边有个男人。而且，如你所希望的，他只是我的糖。只让我感觉到甜蜜。不会有伤害，因为没有爱。因为不会有爱。

还有问候阿文，告诉她她真的很英俊。

因为和你一起在一个城市待过四年，我不计较它的种种。

爱你。

2

就是这样的。

就是这样的，这样一封信，被错放进了沈家明的信箱。

所有的话都是我说的，说给眉然听的。就像她告诉我她很好，和阿文一起，只有温暖。没有伤害，没有不快，没有心疼。

我知道不是这样的，一定不是。我知道她在经历另外的疼痛，是很多人这一生都不会经历的，是沉重和惨痛的。虽然她们之间有心灵的快乐，可是我是那样担心着结局。担心她会和我一样，不知道怎样收拾。

面对和一个人已经开始的情感，面对和这个人已经开始的告别。

一定会告别的，以这样或那样的形式。

她不是个孩子了，事实上她已经早早成熟，她比我更能看到后面的路和已经开始的伤害。她不说，掩藏着。我也不说，也掩藏着。

信却发给了沈家明。

真的不知道怎么会这样。我盯着淡蓝色信箱的页面，就那样呆呆地坐了片刻，然后苦笑。

只得随后续发了一封："刚才的信随手发错了，是发给眉然的。"

不能说得更多了，要他看或者要求他不看，我说了都没有用。

也不想再解释什么。把信再看了一遍，忽然觉得一切是刻意，根本是刻意。这样一封信，沈家明看了，会想什么？能够想什么？只会认定，我当真是个找不到专一的，猫一样迷惑的女子吧。一个他并不爱却想去疼的，女子。

就当我所做的一切，只是为了取暖吧。

这样也好，真的也好，至少，他走的时候，不会想着回头了。对我，他做得已经够多，疼我，照顾我，给我身体的爱。即使离开的时候，他的心里浮着淡然的笑容，又有什么不好？有些事情，如果两个人一起承担，负荷是加倍的。我从不相信这样一句话：幸福是可以分享的，痛苦是可以分担的。

我不相信。

一切都是无法被切割的。只能重复。

3

信发出后，一整天没有写字，什么都没有写。也没有开电脑。

没有沈家明的任何反应。无所谓地等待，对已经发生的事情。只能如此。

黄昏的时候，在广州一家杂志社做编辑的女孩子素素打电话给我，没头没尾地，她这样说："你知道了吗？"

"知道什么了？"

"钟虞啊，你还不知道吗？"

"钟虞怎么了？她不是好好的，前些天还给我发了一个邮件，还是那句话，说了一百次了，说家宁我快要死了。我生气回信给她，我说你死吧，只是别上吊，太难看了。她一直这样，有时候真拿她没有办法。"

"啊？"素素叫了一声。

"别吓唬我，好好说话。"忽然有些烦。因为那封信，一整天的心情寂寂，不是后悔，是因为感觉一切当真是定数，我对沈家明的感情，注定了走不到明确中来，注定要迷失到底，在他的眼底，在他的心里。注定了从开始到最后，我不能让他看到我的心。

我展示给他的，是这样的自己：一个见面五个小时后，带着他回家的女子。一个见面五个小时后，同他疯狂做爱的女子。一个愿意做猫，愿意迷路的女子。一个不肯相信爱情，只想用身体取暖的女子。

她叫李家宁。

我已越走越远，越陷越深。经意或者不经意地。

没有办法重新来过了，开始时就已经来不及了。

素素却又"啊"了一声,"可是这次钟虞真的死了,用一条很长的白丝巾上吊死的,然后还打开了煤气。在一天晚上。"

这次"啊"了一声的,是我,"不可能!"

"真的真的,没有人告诉你吗?都一个星期了,我以为你知道了,我刚刚才知道,很吃惊,所以打电话给你,我知道你们很熟的。"

很熟。我和钟虞,怎么算是熟呢?其实只见过一次,两年前去西安参加笔会,见到了她。是那种不怎么好看的,很纠缠人的女孩子。不管别人是不是愿意,一门心思地跟着参与,情趣极度地强烈。很明显地,在很多人中间,她过于害怕被冷落。那时候对她的事有点耳闻,钟虞给杂志画插图,我有很多文章配过她的画。我是不懂画的,可是能感觉出她勾画的那些女子眼神里的那种灰暗寂寞和无助。她只画女子,面容是完全不同的,可是从眼神中,可以感觉到她们是一个人。

后来我发现那是钟虞自己。

我们都是自恋的人,转来转去的故事里,都不肯丢了自己。哪怕面目全非,灵魂里也要生硬地留下痕迹。

她是一个天生寂寞,却为了要排遣寂寞而失去原则的女子。

自恋,却不爱自己,非常不热爱自己的生命,喜欢自杀。据说自杀过很多次,什么方法都用了。切腕,吃安眠药,放煤气,跳楼,甚至上吊。

一直没有得逞。

好像也没有什么具体原因,只是因为厌倦,厌倦活着,觉得没有意义。那种厌倦在某些时间里,可以变本加厉。我知道如果我偶尔睡午觉的话,醒来的时候心情也是灰的。小时候已经如此,午觉醒来,如果不是拼命吃东西,就会看着妈妈,看着看着就哭。所以很多年了，我一直不再睡午觉。再也不睡了。有些事情是可以逃避的。

钟虞偏偏不肯。

不自杀的时候，她纠缠所有相识的人，谁都不放过，用所有的方式。坐着火车穿过千山万水地忽然出现在一个人身边，或者整夜整夜打电话，一封一封地写信，根本不管对方的心情。什么也不管。

她并没有抑郁症，也是在一个正常的家庭成长起来的。不是很喜欢恋爱，所以感情也未受挫。可是她对生命的厌倦，真的非常奇怪。那种厌倦感很深，她走不出来。

那次知道是她以后，我不再拒绝她亦步亦趋地，跟在我身后不停地说话。也专心地和她说些什么逗她开心。我喜欢她的画，心疼她拿自己没有办法。

钟虞真的是不好看，脸有些扁平，又太瘦，皮肤也不好，灰灰的，声音沙哑。可是因为她那些透出灵魂寂寞的画，我觉得她身上散发着一种独特的气息。

始终不知道是什么。

直到这个黄昏，素素告诉我，她死了，用长丝巾吊死了自己。

好像心里"咚"地一声，想起了萦绕于她身体间的气息，心一下子冷了。忽然感觉，那是一种死亡的气息，太浓烈了。我喃喃地说："她真的死了，她终于死了。"

"是啊，她终于死了，这一次，她如愿了。"素素说，"真是再也没有见过这样一个人，那么想去死，一次又一次，始终不肯罢休。谁听到最后都这样说，她终于死了。"

她叹口气："不过挺难受的，心里，觉得闷。"

"也许钟虞，也许现在的她，是最幸福的吧。"我的声音还是顿顿地，觉得是在说话给自己听，"一个人一直想要做一件事，终于做到了，终于地。"

我的眼泪开始掉下来，在素素听到之前，我挂断了电话。

不是为钟虞伤心，我真的不是，只是忽然想哭。眉然也好，钟虞也好，或者这个冬天的我，我们都得到了自己想要的。可是，我们谁能计算得出我们为此付出的代价。

钟虞，希望在那个世界里，你找到了你想要的。希望在那个世界里，你愿意用各种方式，热爱自己热爱生活热爱生命。好吗？

哭了很久，然后慢慢走到阳台，点了一支烟，拉开窗子，感觉到风切割在眼泪流失的地方，格外地冷。在指间的烟燃到尽头的时候，远处的街灯次第亮了起来。

4

沈家明没有来，没有来给我做饭。

一直到了晚上也没有来。因为那封信，我也没有主动给他打电话。喝了些牛奶，丝毫没有饥饿感。

将电视的频道每三分钟轮换一次，最后找出一些杂志，翻开钟虞的画，想起她对我说的第一句话："我是很有名的那个钟虞啊，是钟点的钟，虞姬的虞，意思就是，钟点的虞姬。哈，没有霸王的。家宁你知道我的对吧，我给你的文章画过画的，你怎么不说话呀……"一刻也不肯停，像个多嘴的小孩子。

可是她是一个多么寂寞的小孩子啊，用什么方式也改变不了，最后还是选择了逃避，最彻底、最安全的逃避。

合上画不看她的眼睛。再也不要看了，永远都不看了。

沈家明的电话在这个时候打了过来，就在我丢下那本杂志的时候，他说："对不起，信我看了。想了想，还是看了。有时候我也好奇。"

"没有关系，是我发错了，你有看的权利。"

"你说的那个男人是我吧？"

"那就是你吧。"我没有什么可以辩解的。他明知道的。

"想没有想我会生气？"他忽然笑，"还好，毕竟他是我。"

我没有说话。周遭的空气里充斥着刻薄。刻薄了自己、他，或者我。我们在这一刻，都在刻薄自己。

"其实没有关系，我知道的家宁，我知道你是个怎样的女子，我很了解你。不觉得你这样对待，有什么错。没有什么是错的。我理解。我觉得你是火，我感觉到你的燃烧，也知道你很快会熄灭。可是，像你说的，取一会儿暖又如何呢？我喜欢这句话。如果真的是这样，家宁，我会安心会坦然。你终究是个别致的女子，可能我这一生，都不会再经历另一个你。对你，我自己都不知道为什么，有很深的宽容感。好吧，好吧，家宁，我愿意做你的糖。我是自愿的，没有什么。"

他笑了。不是刚才的那种笑，这次，他笑得温暖而宽容。

我也笑。笑得一颗心，一点点碎下来。

宽容。我第一次知道这样两个字，原来是如此残忍。丈夫宽容妻子的不贞，那么他一定是不爱她的吧。情人宽容情人的背叛，那么他一定，是根本不在乎的吧。沈家明宽容我以他取暖，那么他想要的，也是同样的片刻的温暖吧。

可是我不甘心，非要固执地自己验证下去。要自己清楚地看到，真相是什么。

即使他对我付出了那么多。我不可以否认这一点，他付出了那么多。

那么，真的，取一会儿暖又如何呢？我喃喃地问自己。

可是我有多么清晰彻底的感觉啊，我感觉到我正在透支我一生全部的温暖，我把我一生的温暖，在这个冬天，都透支掉了。

我不知道从此以后，我拿什么来抵挡未来的冬天。

我可以不再有冬天了吗？

第二十二章

只能这样燃烧，不发出声音，最后因缺氧而熄灭

1

十二月三十一日。星期三。晴。

这一年的最后一天。

每一年的最后一天，带给我的感觉都是相同的。一种无端的失落。忽然就这样过去了，又一年。年是生命中，一个不可轻视的时间单位。不长，也不短，足以清楚地记载着生命的流失，能够看得见。

辗转收到报社那边，西安的一个女孩子和北京的心舟寄给我的新年礼物，竟然都是围巾。一条桃红，一条水绿，皆是很鲜艳的颜色。然后心舟打电话给我说："过个妖艳的新年吧。"

"像妖精那么妖艳吗？"我笑。

"我现在最想做的，就是妖精。我希望自己动动手指，就可以随意取到一个男人的性命。"她笑得更加贪婪，"你呢？有没有做了谁的妖精？"

"没有。"我说，"我在做一个男人的猫。"

"小心做猫。猫在人际关系的比喻中，是永远的情人。"

"那就做他永远的猫。"

"家宁。"她严肃起来，"你身边有男人。"

"我身边一直有男人。"

比爱更疼 比爱更暖

213

"这次不太一样，我嗅出其他的味道来。"我听到她抽抽了鼻子，"一种危险的味道。家宁你可要当心了。我们已经输不起了。"

"放心吧，什么都没有。"我回答她，"真的什么都没有。"

我开始这样应对所有人，不只眉然。我再也不会到处喊叫着，我是一个唯爱至上的女子了。我终于学会把自己藏起来，至少在她们眼中，会看到我的安全。

"好吧，你别让自己爱上就好。我知道你的，有时候控制不了自己。"

"不会永远如此。我们都在长大。"我平静地说。

我没有告诉她，时间已经来不及了，一开始就来不及了，爱或者伤害，都来不及了。

我系上了她寄过来的桃红色的围巾，好吧，就过一个妖艳的年吧。做一只妖艳的猫。

2

中午的时候，一个人去商店转了半天。

一直想买件东西送给沈家明，一直都想。现在觉得一定要买了。不知道是因为新年，还是因为，告别在即？却不知道应该买什么给他。觉得没有什么是合适的。

领带，钱夹，或者其他。

无法选择，是因为已经无法定位同沈家明的关系。我们已经走到了现在。那封错发的信，让所有一切都不可能再前行一步。我一个人，站在绝境中。

不能够说出来，最后的日子，要好好走完。

一直喜欢给家人买衣服，外套或者冬天的保暖内衣，那是一种亲人间的爱护。也给男人买过领带，买过钱包，买过香水，这是情人间的暧昧表达。

沈家明是我的谁？我又该买了什么送给他？

算了吧，也许空白，是我唯一能够给予他的，在这样一个故事里，不要让他带走什么，带走能够想起我的记忆。

到了最后，在他心里，我们拥有的除了空白，还会有什么？

我走出了商场。

只是，是一年的最后一天了。最后的一天，需要找一个人一起度过。想起一个女子说过的一句话，她说："在世纪之交的夜晚，找个人狠狠地做爱，然后狠狠地离开。"

那是我见过的，最狠的对"狠狠"这个词的使用，先是笑了，笑着笑着心就一点点疼了起来。那天沈家明也用了这个字，这样问我："你总是这么狠地对待自己吗？"

是啊，总是这么狠吗？对待自己。

可是依旧找不到出口。

拿起电话来，给沈家明发出一个短信，告诉他，一年的最后一天，我想同他做爱。只想同他做爱，迎接新的一年的到来。

显示信息已发出的时候，有电话打了进来。

是宝心。

3

离开报社后，她是我唯一保持联系的人。我们不再是同事，可是一直是朋友。我离开以后，她把我留在报社的所有物品，一件不缺地带给了我。她说："不要留下什么，给一个不值得留恋的地方。"

我很喜欢这个女孩子，单纯的那种喜欢。

也常常打电话，或在网上留言，有很多心事的时候，喜欢和她说一说简单的话题，比如哪里的衣服漂亮，哪种化妆品卖得正火，哪里的保暖内衣搞活动了，买一送一……

不知道新年的最后一天，她有什么话要告诉我，礼物已经互相送过了。她给我的是一只漂亮的咖啡壶，而我给她的是香水。都是我们喜欢和需要的。

还想说什么呢？

"家宁，你在哪里？"声音有些异样。

"家。"有时候我也这样解释我住的地方，可以在感觉中，给自己一些安慰，毕竟和这个城市，还有着真实的联系。

"我想见你，想和你说会儿话。"听到她开始抽泣。

"发生什么事了？宝心，你在哭吗？"

"他走了，他刚刚走了。我以为我不会哭的，可是我回来的时候，走到广场这里，忽然忍不住了，蹲下来就开始哭。其实早就知道他要走，也已经想好了。可是现在我觉得不行，我很难受，非常难受……"宝心的声音断断续续，"我不知道该怎么办，就给你打了电话。"

"你在广场待着，哪里也别去，我很快就过去，很快。十分钟。"

我一边挂电话一边开始穿外套，拿钱包和钥匙，然后飞快换上了鞋子，朝着楼下跑的时候胡乱系好了围巾。

催着司机快一点，想着宝心一个人蹲在有风的广场哭泣，觉得心酸。

4

十分钟后，在广场西北角的雕花的大理石柱旁边，我看到了宝心。她依旧蹲在那里，孤单单地，像个迷路的孩子。

因为钟虞，因为眉然，因为宝心，因为北京的心舟……因为这些女子，我一天比一天更加疼爱我的同性。同性中的同类，或者异类。我知道所有的女人，其实她们都充满脆弱，都渴望永远。她们在爱着的时候，也不断给自己寻找退路，可总是不经意地，就付出了全部。等到回头的时候，总会发现退路，早已经被自己截断。

薄情女子的薄情，是自己给自己的借口。多么害怕，我们多么害怕爱情没有了的时候，自尊和骄傲也一同被毁掉。多么害怕呀，害怕从此万劫不复。从此有个人会让自己的心残了，再也没有爱的能力。于是微笑着作出那副无所谓的样子。却总是在告别之后，眼泪才开始倾泻开始纵横。

因为骄傲而言不由衷，因为言不由衷，最后伤害的人，只能是自己。

在这一年的最后一天，我看到这个叫宝心的女孩儿，在独自承受，承受微笑告别之后的泪水和心疼。无一例外，在这样的时候，在为了什么心疼的时候，我们选择弯下身来，以掌心抵住胸口的位置。

她正以这样的姿势对待自己。

我看到了不久后的自己。

看到了沈家明离开后的，我自己。忍不住低下头来看了看心脏的位置，告诉自己："他走的那一天，不会这样的。我要站起来，站得笔直，仰起头，朝向天空，然后微笑。"

"宝心。"我轻轻唤了她一声。

她抬起头来，在那张总是充满着笑容的脸上，眼泪的痕迹，还没有被寒冷风干。

"他走了。"宝心站起来，"家宁，他走了。"

我伸出手抱着她，拍她的后背："你说过，他还会回来的，三年的时间而已。不长的，而且……"我努力笑笑，"你想想，他终于走了，可是男人还有很多啊，也许你会认识其他人，也许会更好。有很多可能性啊，为什么要哭呢？"

宝心把脑袋从我肩膀上移开，看着我："如果他不走，我可能不知道自己这么喜欢他，以前在一起，感觉不是这样的。有时候还吵架，可是火车开的时候，我忽然觉得心很空，一下被抽空了，空得让我受不了。"

"所以分开一段也好啊，否则你一辈子都不知道你对他的感情到底有多深。好了，别在这里哭了，所有人都在家里等着迎接新年，你却在这里哭。如果一直哭到明天，明年一年你都会不开心，不合算的。"我掏出纸巾擦去她脸上的眼泪，"说吧，想做什么？逛街还是吃饭？"

"逛街吧，下午要回家吃饭的。"宝心用手背重新擦了擦脸，"我的样子是不是很难看。"

我笑："到底是女人，这样的时候，还在意是不是漂亮。一个女人在任何时候，只要还在乎自己的容貌，就还有救。"

宝心终于破涕为笑。很短暂，可是她笑了。

5

陪着她在广场的地下商场买了外套、手套、鞋子和一盏漂亮的台灯。

没有什么是真正需要的，只是这个消费的过程，可以让心疼的感觉融化掉一些。很多女人在开心和不开心的时候喜欢购物，这不是什么坏事，而且实在有效，应该被尊重。因为这胜过男人的醉酒。至少不会在伤心的前提下，继续伤及身体。

有什么不好呢？很多时候，钱是最最没有用途的。如果用它的消耗来缓解伤心，实在是太物超所值了。

两个小时后，和拎着大包小包的宝心，在广场边告别。看着她离开，独自停留了片刻。怕只怕，有一天，即使我花掉今生所有的钱，买回全部的物品，也不能够抵挡我的伤心。

　　谁会知道啊？谁会知道，一个我这样的女子的寂寞：她从年少的时候，就开始追逐爱情，朝着未知的伤害，一路前行。伤了也不说疼，疼了也不哭。觉得比谁都勇敢。可是在真正地，真正地感觉到爱情的时候，她开始后退。

　　我知道沈家明正在朝着我的方向走过来，在我等待的时候。我知道我的爱情在朝着我走过来。我站立不动，可是能够感觉到，心已退到了海角天涯。

　　唯一的一次，我不能以以往的姿势，要自己勇敢向前，说，爱就爱了，爱没有道理。

　　唯一的一次，我知道我在燃烧，却不敢发出任何声音。只能这样燃烧着，最后因缺氧而熄灭。

　　我站在那里，十二月三十一日黄昏将近的时候，我站在广场的西北角，远远地，看着沈家明朝我走过来。

第二十三章

你听没听过关于指环的传说?

很强烈地要求沈家明带我在外面吃饭。"不要吃你做的饭了。"我说,"这次我不要了。"表情有些无赖的固执。

"好吧好吧。"他说,"看在明天是新年的份儿上。"

是这样的,新年,我不要他再做另外一个人。

在住处不远的一家新疆餐馆吃了些东西。餐馆里一直在播放着味道浓厚的新疆舞曲,很大的大厅的中间,一对地道的新疆男女,穿着彩色的衣衫在跳舞。

绝美的舞姿。让我想起和沈家明做爱的情形。

没有人会知道我在想什么。

喝了一点酒。认识沈家明以后,我偶尔喜欢那种喝一点酒的感觉。影响不了什么,却可以说服自己,放松一些,再放松一些。故意地。

然后步行着回去,我说:"我没有东西送你。"

我将打火机在手中转动片刻,递给沈家明。

沈家明看着我:"可是我有东西送你,这是个不一样的新年。"

我怔了一下,我所想象的空白,并不是彻底的,他会留下什么?

沈家明在兜里取出一个小小的、粉色的首饰盒,打开。

我是如此意外,盒子中竟是一枚纤细而精致的白金指环。

为什么他送我的，会是指环？这是不可以被轻易送出，更无法轻易接受的礼物。

我顿住。

沈家明将指环拿出："你知道吗？在西方国家，有这样一个说法，今年是指环年，如果一个女子能够收到一个男人的指环，她这一生会得到幸福。所以今年的指环，可以不关其他，只单纯地与幸福有关。这是一个传说，你听没听过？戴上试一试，戴在小手指上，表示你单身，允许好男人向你求婚。"

小小的指环，细细的，中间有雕刻的环形花纹。

刚好套到小手指底部，刚刚好，非常合适。

"沈家明，你是不是一直都希望，我会尽快嫁出去？"我仰起头看着他。

沈家明将我的手放下："是啊，这是我新年最大的愿望，希望你嫁个好男人，一生衣食无忧、心情无忧、未来无忧。"

"我是不是应该好好谢谢你，你比我的父母，关心我更多。至少在这件事上。"

"我比他们更了解你。"沈家明笑，"你需要一个好男人，这样我才放心。"

"沈家明，你是不是，一点点都不在意，就算我今天要嫁人，你也一样，会微笑着送我一份厚礼，然后说祝你幸福，然后转身安然离去？"我盯着他，不再放过一点。好像那天要离开了，我却一定要问翅膀："你爱过我吗？"

我什么都知道了，可是我还是要问。我为什么非对自己那么狠呢？

沈家明并不躲避我的视线，以同样的眼神看着我。笑容终于缓缓收回去："家宁，我不知道该怎么回答你。我想讲个故事给你听。一个关于猫的故事。"

第二十四章

他掰开我的手指："你是一只爱哭的猫吗?"我摇头,微笑:"我只是容易迷路。"

1

那时候,沈家明还是个小孩子,不到十岁。生活在离城市很远的郊区。家境并不富裕,因为有三个正在成长的孩子,他,还有哥哥和姐姐。很多时候,生活是略略拮据的。

十岁的时候,读到三年级,终于长高了一些。哥哥和姐姐却开始去了远一些的镇上读书。再也不与他同路,再也不和他睡在同一张床上。晚上的时候,没有人再给他讲他以后要学到的课文中的故事。

就这样孤单了。一个人上学,一个人回家。

也有一些小孩子同路,或者打打闹闹,可是终究不能取代手足间的那种快乐。因为那种快乐,甚至一直都忽视了物质生活的贫乏。

那天他不开心,和同桌的一个孩子吵了架。那个孩子的父亲在城里,有时候给他带回一些乡下看不到的东西。比如钢笔,很小的玩具,或者一些图书。

他只喜欢那个孩子手里的书,也常常借来看。那天要看的时候,却被拒绝了。他的自尊心有些受伤,终究是孩子,只有十岁。因此心里很孤单。不再和谁同行,回来的时候,绕了一条小路。小路可以穿过田埂，穿过一片小树林。

当时是秋天，他喜欢树林里落得很厚的叶子，哥哥和姐姐都在家的时候，他会跟在他们后面去扫一些落叶，回来做柴火用。家里也不是真的需要，而且落叶是很不禁烧的。很多很多，也煮不好一锅饭。只是他们自己喜欢做。

穿过树林的时候，他在很厚很厚的落叶里独自站了半天，可是觉得更加孤单。忽然不想回家，也不知道应该去什么地方。

就在树林转来转去的时候，隐约地，他听到有猫的叫声。很低很低地，那种受伤的哀求的叫声，在他不远的一片落叶中传过来。

他停下脚步，分辨着声音的方向。几分钟后，他在自己十米远的落叶里，看到一只从来没有见过的猫，一只纯白的，没有任何杂毛的猫。

2

起初他真的不能相信那是一只猫。它多纯粹多漂亮啊，身体像雪一样洁白。而它的眼睛，是天空最晴朗时的那种纯蓝。多年后他见到大海，想起了那只猫的眼睛的颜色。

那个黄昏，它湛蓝的眼睛一眨一眨地，看着走近了身边的男孩子。它没有躲，它的腿受伤了，一条腿几乎要断掉了，无法再奔跑。

或者，它并不想躲避这个有些孤单的小男孩儿。它是同样孤单的，已经在树林里待了一整天，早上的时候它发现自己到了这里。整个夜晚，它拖着受伤的腿，找回家的路。可是最后，它迷失了方向，离自己的家越来越远。

他无法想象，它曾经一直生活的家，是多么富有和温暖。

它在那个家里，是个被宠爱呵护惯了的孩子。它也有些任性，所以才自己跑出来，可是却被车轧伤了腿。然后，它找不到了回家的路。它回不去了，而且它害怕孤单。

他看着它，慢慢地蹲下来，小心地，不太确信地，用手指抚摩它白色的绒毛。它微微动了一下，继续轻轻地叫着。它没有穿梭在乡下的那些猫的猥琐、慌乱。那些猫整天奔跑于墙院或者野外，每次看到人，就远远地飞快地跑开，好像害怕着什么。它不一样，它的眼睛里没有任何地躲闪，只有幽怨，一种高贵的幽怨。

很多年后，他知道那是一只纯种的波斯猫，它天生有着高贵的血统，生性习惯被人宠爱，需要全心全意地被人照顾，没有独立生存的能力。

那个孤单的黄昏，他却碰上了它。

在他一下一下抚摩它的绒毛的时候，它吃力地转了转身体，伸出小小的舌头，舔舔他的手背。潮潮的，暖暖的。

他看了看四周，没有什么人，他不知道这只猫，为什么会在这里。他们都是孤单的。

他将书包朝后推了推，将那只白色的猫抱在了怀里。将它抱在怀里的时候，他忽然不再觉得孤单了。它身体的温度，让他的心迅速温暖起来。

3

他将它带回了家中。

父母问了好长时间，他才说出了来龙去脉。他不是不想说，他没有时间，他在忙着包扎它受伤的腿。起初伤得并不很严重，可是它走了太多的路，流了很多的血，伤口被碰得越来越深了。看着它的伤口的时候，他很心疼。

（沈家明忽然笑了："如同那天看到你手腕上的伤时，心里的那种感觉。"）

可是他实在找不到应该用什么为它包扎，家里没有干净的纱布，也没有东西可以消毒。后来他看到了墙角处，父亲劳累时喝的白酒。他找出一些新的棉花，跑过去倒了一些在上面。他用棉花沾着白酒擦拭它伤口的时候，它因为疼，在他的怀里挣扎了一下，爪子划伤了他的手背，划了一道浅浅的口子，渗出血丝来。

他什么也不管，重新用棉花把它的伤口清理干净了，然后将另一朵干燥的棉花按在它的伤口上，找了一个布条裹起来。

没有处理自己手背的伤，也根本没有想到可能的后果。以后才知道事情其实有多么严重，一只来路不明的猫带给他的后果，可能会很残酷。

可是一直没有什么发生，很多年后也没有。直到以后，也没有害怕过。因为真的不肯后悔，在那个黄昏，将它带回来。

后悔的，是后来发生的事。

4

那天晚上，他弄了一些东西来喂它，很简单的饭，是几天前母亲做的馒头。里面掺了很少一点的玉米面，不过他觉得已经很好吃了。他一小块一小块地掰给它吃。它似乎是不情愿的，眼神里始终有委屈。可是它太饿了，最后勉强吃了一些。吃的时候，一直在低声地叫着。

然后，他把它放在自己很小的床上。原本，那是哥哥的位置。

他就这样固执地留下它来，不顾父母如何反对。

他们并不是反对他收留一只小猫，只是因为，那只猫，它是不一样的。父亲知道这样一个小东西，不是随便就可以养和照顾得起的。它需要很多东西，可家里没有。

那时有个叔叔在城里，家境很好。父亲说："送给叔叔吧，他会照顾得更好一些，或者让叔叔在城里找一找，看看是谁家丢的猫。人家一定很着急的。"

"不。"翻来覆去只有这一个字，小的时候，他无比固执。没有人知道，他将它抱在怀中那一刻的温暖。他不要离开它。

父母拗不过他，摇摇头算了。

他开心了一段时间，再也不计较身边的孩子是否有新的图书，愿不愿意给他看。他知道自己所拥有的，他们都没有。他比谁都富有。每天放学，他一路奔跑着回家，回去将它抱在怀里，喜欢抚摸它柔软的绒毛，喜欢它舔着自己的手背。但他却忽视了它，是不是也和自己一样快乐。它总是那样叫着，一声一声地，低低地，而且充满幽怨，让他心疼。心疼的方式是将它抱在怀里，一刻也不肯松开。

天气冷的缘故，它腿上的伤好得很慢，几乎没有任何进展。他从学校的医务室里骗了一些消炎药，可是一切都是徒劳。不仅不好，它腿上的伤开始有恶化的趋势。常常地，新鲜的血会渗出纱布。而且，它再也不肯吃那种一小块一小块的馒头，很多时间，它只是勉强地喝一点水，维持着虚弱的身体。它却深深依恋着他。它的本身是需要有人依恋的，对于它，他不是最好的，可是，它没有碰上更好的，在它迷失了方向之后，在它离开了家之后。

他开始有些慌乱，害怕它的腿会废掉，也害怕它会饿死。父亲终于不忍他的心疼，外出时，买了一些晒干的小鱼回来，要他和馒头搀在一起喂给它吃。它却始终不很热爱，很少地吃一口半口，就再也不吃了。然后看着他。

它的眼睛里始终有疼痛感，因为腿上的伤。

5

秋天终于过去，冬天的风吹过来的时候，它虚弱到了极点，彻底不能站立，每天卧在床边，看着他。声音也越来越低，有时候根本听不见。

他终于狠下心来，决定听父亲的话，将它送给城里的叔叔。父亲说，城里有专门给动物治病的医院，而且叔叔家有暖气，有小猫最爱吃的新鲜的食物。

最后一个晚上，他将它抱在怀里，很长时间没有睡。后来它趴在他的肩上，用它湿湿的小舌头，一下下舔着他的脸。很慢很慢地，好像表达什么。他抚摩着它毛茸茸的身体，靠近过去，忽然泪流满面。

他知道他要失去它了，那是他们在一起的，最后一晚。以后他会继续孤单下去，继续地孤单。再也不会有谁，有什么，像那个黄昏一样，在瞬间将他的孤单抚平，在瞬间让他的心变得温暖。

后来他睡着了。

醒的时候，它还在。在他身体最近的位置。它的身体不再是他熟悉的温暖和柔软，已经冰冷僵硬。它死去了，在他睡着的夜里，它独自死去了。没有吵醒他，没有同他告别。

他真的失去了它，以最彻底的方式。

他没有哭，他记得那天晚上，自己哭了，在他们以彼此熟悉的方式，最后亲昵温暖的时候，他哭过了。所以他没有了眼泪。

它的尸体，被父亲葬在了那片树林里。是他碰到它的地方。他想，也许它能够重新记忆起来，在那里，重新想起回家的路。

他愿意让它回家了。他终于知道应该放手的时候，什么都来不及了。

一切原本可以改变的，虽然他注定要失去它，不能长久地拥有，可是至少，在另个一地方，它还能够好好地活着。也会有快乐。它只是那样一个乖巧脆弱的小动物，渴望一双手的抚摩。那样的温暖，别人也会给它的，会给它的更多。

它也会彻底忘记他，可是它还可以活着。而不是那个样子，无声无息地，死在他的怀中，他的睡梦里。

他后悔了。

6

失去它以后，他还过着曾经的生活，一天天长大。去了哥哥姐姐读书的地方读书，然后走到了城市。离童年越来越远。

可是他从来没有忘记它，在他成长的漫长的年月里，他一刻也没有将它忘记。因为它，他的成长是有些疼痛的，却也是真实的、理性的。从此以后，他没有再要过任何自己无法真正把握的东西。尤其是感情，当他知道自己不能够给予对方真正的、完整的幸福时，他愿意选择放手，愿意看着她离开，去寻找能够让她真正幸福的未来。

虽然有时候，他有自己的贪心。

因为那只猫，他要自己永远警醒。

那只猫曾经温暖的，是年少的沈家明。是若干年后，坐在我对面，看着我的男人。

7

在他的故事讲完以后，我们沉默了片刻。他才说："家宁，你一直问我是不是很喜欢猫啊。其实我不知道，如果那天，我碰到的不是一只猫，而是别的什么，结局也会是一样的。可是我碰到的却是它，一只迷失了方向的猫。"他说，"你刚才问我那个问题的时候，我忽然不知道怎样回答。我没有讲这个故事给任何人听过。因为没有人，问过我类似的问题。可是讲完了，我还是无法回答。你懂吗？"

我看着他，慢慢用手蒙住自己的眼睛。片刻之后，眼泪缓缓地，涌出了手指的缝隙。

一个愿意让我取暖的男人，一个甘心做我的糖的男人，一个一边热爱着情人，一边疼爱我的男人。他所给予我的，已经太多太多。我不可以再有要求，不可以再继续不甘心。我只是他碰到的另一只迷路的猫，碰到他的时候，身体上也有一些伤痕，被他看到。他将我捡回去，为我处理了伤口，用合理的方式。他看着我过去的伤痕渐渐痊愈，然后松开手，让我离开，让我去找我自己的路。

他知道也确定了我会忘记他，因为在他眼里，我只是一只迷路的猫。猫是多么容易忘情的小东西啊，可以停留在任何人身边。

他做的，真的已经很多已经完整无缺。

沈家明掰开我的手指："你是一只爱哭的猫吗？"

我摇头，微笑："我只是容易迷路。"

第二十五章

电视画面中绝望的身体和烟花中的欢爱

1

"沈家明，我们做爱吧，做爱好不好？"我俯在他怀里，低低央求。

一年最后的一个夜晚了，最后的。几个小时之后，新的一年就要到来。

"你是喜欢做爱的吧？"沈家明说，"真的像一只贪欲的小猫。你知道吗？没有女孩子或者女人，她们像你这样，总是不停不停地说，我们做爱吧做爱吧，总是要。我都不知道拿你怎么办好。越来越觉得你像猫，夜晚的时候，开始鸣叫，不安定不安分不安全的。"

我不反驳，也不回答，只是应着，寻找他的唇。想起张惠妹的一首歌："我只有不停地要，要到你想逃。"

只有不停地要。

我没有话可以说。我已经没有话可以对沈家明说了，所有的话，都让我说到了尽头，说到了绝境。没有办法重新来过，时间不允许，一切都不允许。说过的话怎么可以收回？不如就做他眼中，那只充满欲望的，已经没有了伤痕却在继续迷途的猫。

我不是吗？也并不是故意，是真的想啊，想所有和他一起的时间，不停做爱，不停温暖。真的真的再也没有别的方式来表达我对他的感觉了。再也没有了，什么都不够完整不够彻底。沈家明说，你喜欢用极端的方式处理问题。可是他不知道，那不是极端，是极限是极致。

做爱是我爱他的极致。

我还可以不对自己承认，我是爱着他的吗？

而单纯的做爱，我喜欢吗？从很早的时候，到现在，我到底怎样对待它呢？我还记得一开始的抗拒，在我开始喜欢一个人的时候，对身体的抗拒。

拼命地抗拒着。

2

那时候好像十七岁吧，碰到校外的那个男生林的时候。

最早出现在我生活中的男人，却是要最后一个提起。

没有谁再是被遗漏的，在我成长的爱情故事里，再也没有遗漏了。最后的林，开始朝着我走过来。

那时已经是冬天了，再过几个月，过了春天，我们就要开始读高三了。因为压力，因为那种重复的没有任何出口的日子，心里特别特别厌倦。课本是我这一生都不想重新再读的书。

可是忍耐着，因为不知道是不是还有别的路可以走。而且，父母希望我可以考一所好点的大学，希望我能有个好的前途。

年少的时候，很多路是为了父母走的。也有很多孩子就那样为了父母坚持到底了。还有很多孩子中途放弃了，开始听从自己内心的安排，走了自己想走的路。结果听话的孩子是幸福的。另一些，从背叛父母意愿开始，这一辈子就永远都活在了父母的担忧中。始终无法让他们把心放下。

我属于后面那一拨里面很严重的。严重到父母已经开始拿我无可奈何，只有不停叹气。

其实我很早就开始脱离他们的视线了。

那个冬天，林每天早上很早的时候，会去我们学校跑步，当我们开始晨跑的时候，他在操场边缘的单杠上飞旋。他有着那样青春而健美的体魄。

林是校外的男生，是老师和家长不太喜欢我们接触的那类孩子。

林每次在单杠上旋转的时候，我总觉得他像要飞起来的一样。他只穿白颜色的运动衫，非常的无视寒冷。我越来越想看清楚他的面容，有一次，终于忍不住在学校门口装做迟到的样子，等到了他拎着衣服走出来。

林有很宽的额头，略厚的嘴唇和冷漠的眼睛。眼睛里盛满不屑。长头发，裸露的皮肤是棕色的。学校里的男生都不会有这样灿烂的肤色，永远都不会有。

林也看到了我，那时候，我已经是个有点味道的女生了，也很容易就会被别人看到。

他说："你迟到了。"

我笑。他站住了，他说："迟到了还笑，真是的。"

那是我上学后第一次迟到，而且是故意的，为了一个叫林的校外男生。我为此写了一份检讨，我的同桌在旁边看着我，她说："你为什么笑？写检查还笑？"

我依旧笑，什么也没有说。说出来，也觉得她不会懂。

三天后的晚上，结束了晚自习后，在灯光幽暗的校门口，我看到林站在路边抽烟。我停下来，很多人从我身边走过去。我谁也不看。

林的目光落在我身上时变得很温柔。"够聪明的。"他说，"我送你回家吧。"

三天后，林知道了我叫李家宁，知道了我住在东风路，坐三十二路车。

那天晚上我们一起在末班车拥挤的空间里摇摇晃晃，林的手臂横在我眼前，很安全的感觉。我忽然想原来校园里那些禁止不了的恋爱，根本就是装模作样。写信、传纸条，在晚会时合唱一首歌……都那么浅薄。

很喜欢林了，他棕色的皮肤和抽烟的样子，还有他弹得很好的吉他。然后知道他二十二岁了，读书读到高中一年级，辍学。我不知道他靠什么生存。他总是穿外贸店卖的那些衣服，很便宜，没有什么牌子，可是非常好看。

那个冬天过去的时候，我们就开始恋爱了。

就是那种很青涩的恋爱，可是我能感觉出来，他身边有过女孩子，他经历过很多我不曾经历的事情。他对一切都过于熟悉，牵手、拥抱或者亲吻。

然后有一天，他帮我在做医生的朋友那里，弄了一张病假条。我请了一个下午和晚上的假，那天是他的生日。

我跟林去了那条小巷子里的他的家。

是和朋友合租的房子，很乱很脏，有些潮湿的冷。

因为冷我们开始拥抱。他开始拥抱我，越来越紧。我渐渐让他抱得透不过气来，我开始用手臂推他的时候，他吻住了我。

然后我很清楚地，无比震惊地感觉到了他身体的变化。

那时候我十七岁，什么都懂了，可是还没有做好接受的准备。在我十七岁直至很长时间后的感情意识中，爱情都是纯精神的物质。和其他的事情，丝毫都没有关系，一点也没有。

林的双手在我的震惊中开始行动起来。他开始拉我的很厚的黑色外套的拉链，我听到拉链"哧"地一声，被他一拉到底，外套里面是件很薄的白色毛衣。里面还有其他衣服。

也许觉得太麻烦，林不再试图脱我的衣服，一把将所有上衣从我的牛仔裤里拉出来，近乎粗暴地，将他冰冷的手放到我的身体上。

我从没有被异性碰触过的身体。他的手开始移向我的胸部。

"不！"我一把将他的手抽出来，我的意识开始在震惊中恢复清醒。

"不！"我说，"林你放开我，我要回去了。"

他不说话，也不松手，他根本听不到我在说什么，他的呼吸渐渐滞重浑浊，扑到我的脸上。我更加透不过气，他腾出一只手开始拉我裤子的拉链，因为上面的扣子扣得很紧，我觉得他根本是在撕扯。

林的力气很大，那个每天早上跑步的男生，他有超过我很多倍的力量。他压根儿不会想到，一个看起来纤小单薄的女孩儿，如果她想要抗拒，她的力气也是会加倍的。

我感觉到自己手指的疼痛，手指同他纠葛用力的过度的疼痛。

我丝毫都没有放弃，一边抗拒，一边试图抬腿踢他。

林的身体压得我很紧，好像要把我钉在墙壁上。我的力量在这种进退中渐渐丧失，最后我抬起手，给了他一个耳光。

林忽然松懈下来，一下子松懈了。手，腿，还有身体。

我从墙角跌到地上，我说："你疯了是不是？"

他重重地呼出一口气，掠了掠头发，然后用手背擦过左边的脸。灯光下，我看得到他左边脸上的清晰的指痕。那一记耳光，我用了全身的力气。

"他妈的。"他愤愤地骂了一句，一脚踢在墙上，"你有病是不是，用那么大力气。"

我瞪着他。

"算了算了，李家宁你走吧，以后别来找我了，我们压根儿不是一回事儿，换个女孩儿，我早和她上过床了。"他一把将我拽起来，"我以为你也是出来玩的那种女孩儿。我以为你根本就是愿意。对不起了。你走吧。"

林将门拉开了。

我走出门去。在门边回头看了林一眼，他还是那个男孩子，可是真的很陌生。

后来见过林，身边有别的女孩子，拥抱着在街中走路，边走边纠缠在一起。

一切都是那么陌生，那种身体的靠近。

可是依旧记得那次的抗拒，觉得真的不行，死都不行。身体不是用来恋爱的，能爱的只是心。和身体毫无关系。就是这样。

3

然后碰到许可，碰到何川，碰到翅膀。开始有身体的接触，开始懂得一些东西，但始终是顺从的、被动的。依旧是心里的愿望，心里的感觉动来动去。有时候也觉得倦怠，并不渴望。

再然后碰到沈家明。忽然身体里有什么被彻底唤醒了。是苏醒的那种感觉，然后在苏醒中慢慢开放。不肯停止。

那么，是的吧，我是喜欢做爱的吧。终于知道了我是喜欢的。

所以我应着："哦，喜欢。喜欢和你做爱啊！"

"猫。"他忽然唤了我一声，开始迎合我身体的悸动。

电视中播放的，是我放进去的一张刚买回来的碟片。是我喜欢的一些歌的合集。有那些旧的或者还算流行的歌曲，莫文蔚的《盛夏的果实》，陈琳的《爱就爱了》，辛晓琪的《领悟》，林忆莲的《至少还有你》，还有那英的《征服》……

沈家明靠近我身体的时候，我的脸转了转方向，我喜欢同他做爱时，将脸放在他左边的肩上。目光却恰巧正对了电视中的画面。那英的那首《征服》。

没有想是那样的，画面中突然出现的，在片段中不停闪过的，是一对正在做爱的男女。他们的身体紧紧纠葛在一起，看得很清楚女子修长的腰身，和男人在她身体上的手臂，手指的游弋，停留在她胸前，他将脸埋了下去……

什么都是可以清晰感觉出的，可以感觉出两个身体的放纵和纠缠，可是非常非常美，没有任何淫秽的感觉，一点都没有。画面中的两个身体干净而完美，女人的身体在沉醉中向后仰起的时候，头发倾泻在男人的手上。他跟随她，朝着同一个方向倾斜，始终，将脸埋在她的胸前。也闪过一秒钟的侧面的轮廓，唇边，有颜色略深的胡须。他们是拥抱着的，展现的是身体的侧面。

忽然看到女人的脸，在沉醉中，充满绝望。在那一刻感觉到了，两个身体的绝望。没有什么能够挽救，他们一起，从天堂跌向地狱，然后是死亡。

那英的声音渐渐低下去，低下去，我的感觉在画面中女子欲望的神情中渐渐燃起来燃起来，再也不可抑制。沈家明不会知道，那是多么绝望的欲望啊，我清楚地感觉出，那将是我最后的一次燃烧，从此我的身体会变为空白，会很空洞，不再有内容。

可是一如画面中的女子，那一刻，我没有退路。不同的是，沈家明的内心，是为了疼我为了温暖为了解脱。他只愿意做我的糖，是我自己，将它变成了毒药。心甘情愿。

4

终于松懈下来，当我不再发出任何声音，将整个身体都依偎在他身上的时候，漆黑的窗外忽然升腾起一片彩色的亮光，在瞬间照亮了整个房间。

我看到了他的眼睛。依旧清澈晶莹，像夜空的星。也看到了他的和自己的身体，相互拥抱一如电视中的画面。

是烟花。

新年的烟花。

沈家明拥抱着我站起来，走到窗口。远处的烟花依旧绚烂地，在夜空中升腾，一大朵一大朵地开放，在坠落中灰飞烟灭。

每一次升腾的光亮，都在我们的身体上撒下光泽，迅速消逝。我回过身拥抱沈家明，在一刹那的烟花中，我看着他晶莹的眼睛："我还可以吗？可以要你以这样的方式，在烟花中继续爱我吗？"

"你是一只不知疲惫的猫。"他吻了吻我仰起的唇，"可是……好吧。"

他的身体再次以温暖完美的姿势覆盖我的时候，寂静中，我听到了远处广场上的钟声。

新的一年，已经来到了。我如愿以偿，以我期待的方式，迎接了它的到来。

狠狠地爱了。用了一生的力气。

第二十六章

两颗在一起互相取暖的心，无论最后以怎样的方式告别，永远，也不会走到山穷水尽

1

间隔了好几天，没有和沈家明见面。他很忙，在新年开始之后，因为新的业务在拓展，因为在拓展中，他需要处理和交代。很快很快就要离开了。而我，感觉的某一处，也在逃避着相见。那种逃避很深。

每天黄昏的时候他会打个电话，问的是过去同样的问题：猫，吃饭了吗？吃的什么？或者说："那天我们去的那家清花缘水饺不错，可以要一份，带回来吃。新疆餐馆的面也很好，不是很远……"我都很顺从地应着。

他在电话里越来越习惯地叫我"猫"，每次听到，心会揪一下。

买了新的日历回来，那种很古老的，每天要撕下一张的日历本，挂在抬头可以看到的地方。很小的时候，记得父亲每天早上做的第一件事，就是将墙上的日历本撕下一张，慢慢揉搓了，丢到纸篓中。

一直这样很多年。

后来一个人的时候，也开始这样撕掉每天的日子，有时候会觉得，日子就是这般，在自己的手中，被撕掉了。

看着日历上，沈家明离开的日子在逼近。十五天，十三天……也许不是具体的，可是只能这样倒着数下来，旧历的新年也已经逼近了。

最后的日子过得是最快的。

我开始不停地写这个故事，不停地写。一边写一边喝水。故事忽然开始顺畅起来，当所有可以回忆的感情，被全部回忆过之后，我感觉到内心的轻松。那种彻底的，放弃掉了沉重记忆的轻松。

和沈家明见面，不过一个月多一点的时间，这是不可想象的，在短短的时间里，他几乎让我回忆起了全部的过去，过去的伤痕还有情感。他不是故意的，可是他总是一下就碰到了。我却只能情愿或者不情愿地，将那些过去的伤痕，已经结痂的，或者还在隐隐痛着的，全部摊开在阳光下晾晒一遍。然后看着它们迅速地愈合，彻底消失。

不是用什么新的伤痕来覆盖和代替。我知道我和沈家明走到最后，不会有任何真正的伤害。因为之间没有欺骗，没有要求，也没有未来。

没有被摊开的爱情。没有可以让伤害滋生的土壤，只是两颗在一起互相取暖的心。无论最后以怎样的方式告别，永远，也不会走到山穷水尽。

沈家明从没有说过他爱我，他给我的，并不是爱。我心里明白，我已经明白。所有发生的一切，让我明白得太过彻底。虽然我会在自己也想不到的时候，一问再问。给浅薄的意愿一个表面的安慰。可是我知道，真的不是。

但，已经足够了。

所有人都在坚持到底，用属于自己的方式。我们，都是如此如此固执啊！

2

写字的时间开始由白天延续到晚上，到深夜。连续几天，每天在凌晨三点，或者更晚一些时候上床睡觉。床上的电热毯始终开着，还有暖气。不确定自己哪一会儿想睡，所以只能开着它们。有一次几乎听到了早上一所学校的广播，看了看表，已经是五点一刻了。

天都快要亮了。

然后将自己摔到几乎发烫的床上，倒头就睡。醒的时候，已经是午后。

日子这样更是飞快，好像在奔跑一般，拉都拉不住。

常常听着已经使用了四年的电脑，发出一些意外的声音。那种声音让我恐慌，我害怕它会突然坏掉。这是一台花费并不低的组装的机子，曾经有过一次，突然间坏掉了，将我保存的所有东西全部毁坏。

那以后养成了写一点就要存盘的坏习惯，非常累。可是电脑真的很刻薄，总在最最紧要的时候死机，已经不是一次。

却依旧舍不得丢掉，它旧了，有了很多毛病，却是我当初选择的。除却感情的不得不放弃，这么多年，我真的是将我所有拥有过的东西，都固执地背在肩上。越走越累。

打字的时候，也喜欢看着手指，一动一动的，跳舞的样子。有时候停下来，看一看左手小手指上的白金指环。看看沈家明送我的幸福心愿。

如果这个传说是真的，幸福的是他，还是我呢？

黄昏的时候，每次沈家明打过电话之后，我会关了电脑出去吃饭。吃我一天的第一顿饭。

也不要求见他，每天在电话里说："我很好，在写小说，真的很好，你忙吧。"

感觉到心里那种刻意，那个夜晚，新年的夜晚之后，忽然发现内心里，已经不能再从容地以过去的样子见他。好像那是一次结束，在最后的烟花纷纷坠落的时候，我的心，已经开始走向结束。而像我说的，力气也已经用尽。一生的，爱的力气。

害怕再次的见面和欢爱，成为一种伤感的重复，我会崩溃下来，再无力抵挡。会给他看到真相，最后我们都无法收拾。我收拾不了爱，他收拾不了他的善良。

所以努力掩饰着，坚持到底。最后的几天，几乎盼望速度的加快。

我愿意最后的日子，不停地在电脑前写字，不停地写。然后就这样过去，等到将故事划上最后一个句号的时候，才发现，沈家明已经走了。就那样走了。

不要告别。

这对我，也许是一种真正的宽容。

后面的情节也固执地，不再发给他看。已经不可以了，我害怕他会看到些什么，他会有所察觉，无法再轻松对待，无法坦然离开。我害怕他知道，我的爱。

可是内心里，我有多么盼望他知道啊。我却只能这么做，朝着和他的心相反的方向，一路后退，退到尽头，退到我自己都不知道的所在。

时间已经不允许。时间在最初就不允许有爱情。几乎从我见他的第一天起，我们就开始以彼此的形式告别。五十天，一千两百个小时，也只够告别。

所以，就一直这样说，新年历上的一月一日之后，我一直对他说："我很好，很忙。不太想被打扰，你忙你的吧，不用管我。"

就这样忽然好几天不再相见。想念着，抗拒着，沉默着。

等待着最后一刻以我无法猜测的方式到来。

连逃避，都已经来不及。

第二十七章

看着他走出去，看着唯一真实的温暖，离我而去

1

那家叫做清花缘水饺的餐馆，在离我非常近的西边的一条街中。因为他又说了一次，我想了想要听他的话，去买一份水饺带回来吃。

小区的大门在东边很远的地方，走出去需要绕一个很大的圈子，我沿着铁栅栏走了几步，忽然看到了有一个地段，有一根栅栏不知道被谁弄断了，中间留出的空隙，可以钻出一百公斤以内的任何人。

我看了看四周，弯下腰从栅栏里跳出去，拍拍手，走了几步，走到了要去的地方。

街灯亮了起来。

从来没有在晚上好好看过这条街，还不知道它的名字。只是猛然抬头，眼前突然一片绚烂。酒店和夜总会、洗浴城林立的招牌，闪着色彩缤纷的灯光。使得整条街，突然改变了白天的那种沉寂。

看到不知道什么地方流动出的人，那些面容慵懒模糊、衣着艳丽性感的女人，那些四下搜寻、神情暧昧的男人，忽然间全部出现了。我站在那里，感觉不像是真的。可是他们在身边流动，缓缓地，像一条刚刚被疏通的河流，带着沉淀时产生的

杂质，以并不规则的速度，朝着一个方向流淌。我知道尽头没有承载它的海洋，只能四下流散，在城市的中央。

飞快穿过街道，推开了那扇木头的屋门。那家餐馆是我喜欢的，原木的桌椅，洁白的墙壁，穿着旗袍的漂亮的服务员。

只是需要一份水饺带回去，其实是很简单的事。我站在门边，对一个微笑的服务员说："要一份素的水饺，西红柿鸡蛋的。"

是我和沈家明都爱吃的一种水饺。

她说："好的好的，您稍等，坐一会儿，马上就好。"

我坐下来，在我喜欢的木头凳子上。

门开了又关关了又开，一些人进来吃饭，都是结伴而来，没有谁是自己。

几分钟后，我的水饺被装进透明的袋子送过来，付了款，朝外走的时候，隔着门边的玻璃窗，忽然看到我的房东，韩正阳正朝着我走过来。

2

"真的是你，家宁。"好像是惊喜的神情，然后放松下来，笑着说，"刚才走过去，无意中朝里面看，看到好像是你。"

韩正阳很随意地穿了件藏蓝色羽绒服，笑起来的时候，是个温暖诚恳的男人。一直都是。和我一样，他一个人。

"旺仔呢？"我问。好像真的没有话说，每次见他，问的都是这一句。

这个男人是喜欢我的吧。不是因为这次无意的碰面，平常也偶尔打个电话，问一问，水管、煤气管道，或者暖气、电源啊什么的，是不是有故障。只是这些事情，可是说完了，每次都吞吞吐吐，不想挂掉话机。最后还是什么都没有说。

羞涩的不只是笑容，还有内心。这是他和沈家明的不同。沈家明的内心，填满了自负，满满的，撞都撞不开。可是却依然有羞涩的笑容。好像一个记者采访我喜欢的香港演员梁朝伟时说过的那样，说他，和张艺谋一样，都是羞涩的男人。

骨子里却有着任何一切都无法颠覆的骄傲。

他们善良敏锐，才华横溢，却安静而羞涩。

这样的男人，女人拿了什么可以抵挡呢？

而沈家明，我又拿了什么才可以抵挡呢？

韩正阳在我面前微笑，很开心地微笑着。"是来吃饭吗？"看了看我手中拎着的水饺，"别带走了，带回去就不好吃了。我刚好也一个人，想吃点东西，一起吧。好不好？"

可是我到底该拿了什么来抵挡呢？抵挡一个男人的离开？

怔怔地看着韩正阳："好吧。"

他是个表面上看起来很好的男人，他具不具备可以让我抵挡的力量呢？

3

韩正阳将菜单递给我："你应该吃点有营养的东西，好像气色不是太好。"

我笑了笑，气色不好是因为我已经好长时间没有看到阳光，写字的时候，窗帘始终是关闭的，昏天黑地。可是他说这句话的感觉，和沈家明很像。

我能想象出，这是一个同样温暖真实的男人，可是，他不会具备我想要的那颗心。他过于温暖和真实，他过于生活。沈家明也是生活的，但是那不一样。一点都不一样。

不过真的没有关系，我不是想要爱这个男人，不是想要一个什么故事，我只想，在最后的日子，或者他可以在我身边站一站，站一站就够了。其他，我什么都不想要，我也不想知道韩正阳的一切。

不想知道，他却开始慢慢地说："其实旺仔，不是我的孩子。"

我一愣，怎么会呢？他们那么像。

"真的不是，他是我大哥的孩子。大哥和嫂子，都已经不在了，那时旺仔还不到一岁。我带了他，我非常喜欢他，他很像我，比像大哥更像。就一直带着他了。"

"你，结婚了吗？"我很小心地问。

"结过一次，又离了。因为她对孩子不好，她不是个坏人，但心里没有办法接受。而且我不希望我们再有自己的孩子。我有旺仔就够了。"

"这样，这样啊。"我低了低头，"旺仔很可爱，会被疼爱的。"

韩正阳笑笑："慢慢就习惯了，生活总是个习惯。潜意识里觉得他就是我的孩子，亲生的。一点也没有办法分开。"

我也笑："你以后会有个温暖的家。"

他说："可是还是想，碰到一个喜欢的人。好了，家宁，吃饭吧。"

我不再说什么，有些事情是我没有想到的，因为意外，我开始打消刚刚的念头。如果不能给这样的男人一个确定的未来，不如不给他任何的些许的现在。

他是喜欢我的，谁都会看得出来。我们已经是成年人。

只是他要的生活，并不是我想要的。我们要走的路的方向不同。但我不是不知道，他的温暖，才是真正的真实的彻底的。如果我愿意伸出手来，我知道我的生活表面的孤单，会从此被改变，我会拥有一种平常的幸福，一个温暖的、爱我的男人，一个我喜欢的、会接受我的孩子。

可是当这一切能够被摊开在眼前的时候，再一次，我低下头，选择了逃避。

4

就这样不再说话，低着头一点点吃东西。然后放在桌子上的手机一下下响起来，沈家明说："你在什么地方？我忙完了，刚刚送走一个客户，一起吃顿饭吧，好几天没有一起吃饭了。"

真的好几天了，已经是一月八日。原来，他不是故意的，他是真的忙，在他心里，根本没有什么是放不开的。故意的只是我自己。

用牙齿噙住筷子，顿了顿："我在清花缘呢，和一个朋友一起吃饭，你要过来吗？"

"好啊，和朋友啊。家宁你好像从来也不和朋友在一起，我马上就去了。"没有问是男的朋友，抑或是女的朋友。有什么是他在意的呢？

韩正阳看着我。

"有个朋友过来找，要一起吃饭，你，介意吗？"

"不。"他飞快说，"怎么会呢？"回头招呼服务员添了新的餐具。

我静静地，低低地透出一口气。对不起韩正阳，我不知道还能怎样做，这个故事，到底，我自己还是收不了尾的。可是我不是故意的。而我，也承受不起你想要给我的温暖，已经太晚了。如果很早的时候，我遇到的人是他。

但……不是他。

十分钟后，沈家明推门进来，穿了我第一次见他时，那件藏蓝色风衣。

这个城市里很少看到穿风衣的男人。对我，这相对安全一些。

并没有什么意外，看到我和另一个男人相对而坐，沈家明的眼神中，没有任何意外和不悦。相反，是平和的，充满快慰的。

他们握了握手，很男人很大方很真诚地打了招呼。沈家明将风衣挂在别处，回来拉开凳子，看着我："家宁，你气色不好，应该出来走走。"

半小时后，沈家明说出了和韩正阳相同的一句话。

我无言以对。探过身给沈家明倒了杯水。

他们开始说话，男人间很平常的话题。再没有一句是说到我的，我坐在那里，觉得好像他们两个是熟悉的人，而我是陌生的。

添了一些菜，所有人都吃得很开心。后来要了两瓶啤酒，慢慢地喝着，彼此的来龙去脉，工作或者来处，也就一清二楚了。没有什么是需要隐瞒的。

最后韩正阳先离开了。可爱的小孩子旺仔在最合适的时候，打了个电话过来，要他回家，他就走了，走之前坚持结了账单。说了再见后，又说了喜欢说的一句话："家宁，有事打电话给我。一定的。"

我点头。看着他走出去，看着可能生命中唯一真实的温暖，离我而去。

5

沈家明也看着他走出去，沉默片刻，说："挺好的男人，家宁，他是喜欢你的吧?"

"你说呢?"我低头喝了一口水,我实在不想喝了。

"我说的是真的,男人看男人往往更准确。他不错的,可能不是你想要的那种人。但是对于生活而言,这样一个男人,更安全更可靠更真诚,也更适合你。你要相信我,试着给别人,也自己一个机会。别总是那么淡漠。"

"我还不想嫁,或者我会一直都不想嫁。"我皱了皱眉。我知道他说的是真的,可是我已经决定放弃了,就在刚才,他并不知道。

"我不希望你一个人这样过下去。家宁,你要知道日子太长了,一个人的力量是有限的,很多时候自己对付不了生活。"

"不怕啊。"我笑起来,"下一个冬天,我会再找一个人取暖的。其他的季节,我能应付,我只怕冷,不怕别的。"

"家宁。"他重重地喊了我一声。

我不再说话,低下头去。

"家宁。"沈家明的声音放低下来,"别再继续了,让我放心好不好?你真的不是出来玩的那种女子,就算你真的是一只猫,你有九条命,你也只有一颗心。"

"好!"我大声说,"我答应你了。"

很多人开始转了头看我们。我忍不住,我知道如果我不阻止他继续说下去,我所做的一切,都会白白浪费掉了。我已经退到了那么远的地方,不想再回来。

我回不来了。

而沈家明,我怀疑他根本,就懂得一切。他不说,是为了可以让我安全地撤退下去。

这个男人啊!

"我会的,我答应你会好好对待感情和生活,在孤单的时候，找一个爱我的男人，和他结婚。我发誓我不是赌气，不是撒谎。"我说着，眼睛不再躲闪，积聚起所有的勇气，一直好好看着他。

隔着桌面，沈家明用手指抬起了我的脸，好长时间没有说话，只是看着我的眼睛，在我开始躲闪的时候，他说："猫。"

我突然泪流满面。

·第二十八章

你终于要离开，离开我的身体她的心

1

故事没有就此结束，即使只剩短短的几天。

离别前的黄昏，我仍然要自己出去走一走。从太阳开始落下的时候，会一直走到街灯慢慢亮起来。朝着不同的方向，尽可能走得远一些，再远一些。很早的时候，我已经喜欢用脚步和地面的接触来感觉自己和这个世界的关联。

一种最真实的关联。

沈家明真的要走了。这样走路的时候，我的心不会为此发慌。

一直走，拼命地走。

这个黄昏选择一直一直向北，我知道如果一直走下去，会到边缘。边缘有条古老的护城河，这是我喜欢这个城市的原因之一。很多年了，它还存在。

可是太远了，远得用一个黄昏也走不到。在开始疲倦的时候，停了下来。

看了看路边的标志，叫做正阳路。让我想起韩正阳。

只想了一秒钟。以后不会再想了，我已经放弃。

因为沈家明，一切，都放弃了。过去的，未来的。

不知道为什么会走到了这里来，在故事即将结束，或者已经结束的时候。在我确定了最后结局的时候，我忽然在结束前的这个黄昏，走到了这条没有什么特征的路上。也许是故事本身不可以这样轻易了结，也许，它是想让我知道全部的真相，它希望自己可以完整，于是将我一路带过来。不动声色地引导着我，完成最后的情节。

在这条路的某个位置。

只是当时，我没有什么感觉，我是不知道的。我站在那里看路标的时候，忽然记起来，认识的一个女子，在这条路的旁边开了一家舞蹈学校。是我接触和采访过的，唯一喜欢的女子。

她叫蔷薇。我们好像很长时间没有联系了，因为翅膀，因为沈家明的出现，因为很多意外的事情，我连辞职都忘记了告诉她。而她，却还是在故事的最后出现了。忽然间出现了。我记起她来，她是我见过的这个城市最美丽的女子，也是我曾经在心里，唯一认定了可以做朋友的同性。那种不需要过多语言，不需要过多时间，就可以心心相印的朋友，也许很久不见，但彼此的内心，都不会改变。

我很喜欢蔷薇。她姓程，出生在春天蔷薇花开的季节，取名蔷薇。

蔷薇是那种天生就被上天眷顾的女子。有很好的家世，读了很多年书，出国，然后回来，讲一口流利的英文，弹得一手好钢琴，还精通芭蕾。却并不想做别的，找了一个安静的地段，租了一套房子，教授小孩子舞蹈和英语。学校叫蔷薇舞蹈学校。她做得很好。在这个城市里，学校和她的美丽一样有名气。

那时候我还兼做着《都市女性》的周末版。

也是唯一的一次采访，不是约在了哪个酒吧就是哪个茶馆，她说："你来吧，到我这里来好不好？"我说："好。"觉得舒服。

是一年以前的事了，同样的冬天，冬天的午后，在蔷薇的有着宽大玻璃的房子里，在绚烂的阳光和优美的钢琴声中，我见到了她。

2

那日的蔷薇，穿一件驼色的毛衣，一条红色的棉布长裙子，是我喜欢的叫做"渔"的牌子，绵软的布料，前端偏左的一侧，有手绘的一个女子的脸谱。一个唐朝的女子，纤细的眼睛和丰满的面容，黑的头发，然后是肩胛，有一种干净的艳丽。

我站了站。再也没有见过穿这种牌子的裙子，能穿出如此味道的女子了。不知道谁写过这样一个很小的文章，叫做《穿"渔"的女子》。那种气质和味道，觉得写的是蔷薇。而我是个从小到大不会穿裙子的女孩子。中学的时候，夏天的学生装是天蓝色的背带裙，总是不穿，宁肯被老师责怪。我很早知道，裙子不是为我这种女孩子存在的，是为另一种。

比如蔷薇。

有一张美轮美奂的脸。比电视画面中看到的有更加真实的柔和的美丽。

她站起来，看到我，笑了。

也许有三十岁了，走过的路在她的面容里留下了无尽的内容，深刻，沉稳。可是，微笑是单纯的，孩子一般地。她仰起头来的时候，我看到了她淡淡的，散发着婴儿蓝的眼睛。那一刻知道，即使若干年后，她都还是个女孩子。她心里有着不老的天真。一个热爱着孩子，只爱孩子的女子，上天愿意给她额外的眷顾。每个人都愿意。

她和我不是同一类人，却是我喜欢的。她是天生会被同性和异性疼爱的人。她的存在就是一种柔软的委屈，本身是温暖的，却依旧需要被呵护。

我喜欢她的名字，和她很相称。蔷薇，那种开在春天某处墙内的，美丽的花。

坐在地毯的一片阳光里。蔷薇微微蜷起了修长的双腿，衣衫里包裹的她的身体，纤细而不单薄，充满轻盈的感觉。一个纯粹的女子，是我曾经向往过，却始终不能做到的女子。

已经有了婚姻，老公是个很优秀的男人，自然很爱她。家庭的美满无懈可击。还有一个同样美丽的小女儿，在牙牙学语。

这样的女子，应该是幸福的。

可是，那次采访的时候，她忽然对我说："可是有时候，还是很想恋爱呀。想用小女孩儿的方式，好好地恋爱一次。我没有过，所有的一切都是从结局开始的。美好，心里却因此充满委屈。那种委屈，那种没有爱过的委屈，你知道的，对吗？"然后她笑了，"真的没有告诉过任何人。生活看起来已经这样好了，这样的好，还有什么要说的呢？可是，你信不信呢？真的想恋爱，哪怕偷偷地也想啊！想为了爱疼一次，很轻地疼一次……"

她笑了。

"我信。"我看着她，"为什么会告诉我？我会写出来的。"

"你才不会。"她拍了拍手，"你会吗？说了你都不相信。好了不说这些了，一会儿我弹琴给你听吧，等你哪天不开心的时候，过来听我弹琴。还有，我的歌也唱得很好的。"

"为什么不跳舞给我看呢？"

"因为，跳舞是件很寂寞的事，每天都做每天都做。所以寂寞了。"

她真的开始弹琴给我听，我站在旁边，看她纯白修长的手指在键盘上跳动。她侧面的脸的轮廓充满金色的柔和。

她真的有她的寂寞。因为一切太过完美，但她却并不想掩饰，会讲给一个初次见面的人听。

琴声落下，她站起来看着我再次微笑的时候，我知道我已经愿意，当她做朋友。

3

那天以后，蔷薇成为我在这个城市，唯一的朋友，唯一的，我肯在心里认做朋友的人，她和我熟悉的那些电话或者信件里的女子，是不同的。可是我喜欢她。

偶尔有电话。彼此的信箱都是知道的，谁也没有写过，我们一直没有写过信。只是电话，有时候她打过来，或者隔段时间我打过去。也过去看她，带一支两支的花，插在她的窗子上，然后坐在窗边，看她教那些小孩子跳舞，听她用动听的英语说话。

然后，一起出去走一走。

也一次两次地问她，恋爱了吗？找到想要爱的人了吗？

她会摇头，然后微笑着说："在等待。"

半年前蔷薇告诉我学舞蹈的孩子越来越多了，过去的房子已经小了，所以换了另外一个场所，在正阳路的北端。

因为自己的事，这些日子，便忘记了。忘记了过去看看蔷薇。

多么不可原谅的忘记。我怎么可以在冬天，忘记蔷薇呢？那么春天的时候，我该如何面对它们荡漾的美丽？

有些怨自己了。

一个背着书包独自走在灯光下的小孩子，告诉了我确切的地址。我知道这样的时候蔷薇是在的，应该是一个人，也许在弹琴，也许在上一会儿网。

买了一束百合过去。不是很喜欢百合，但它却是最适合蔷薇的花。她叫蔷薇，可是却比所有女人，都更加像百合。

4

她真的在，依旧穿裙子，水绿色的长裙，也依旧流泻到脚踝。

"呀，家宁，你怎么一直不来看我?"她柔润的唇微微翘了翘。

真是喜欢她，走了很多人一生不曾走过的路，眼睛里始终是不老的天真。

轻轻地拥抱一下，听到她低低地咳嗽，把花插到花瓶，问她："感冒了吗?"

"冬天的时候就是这样的，很容易就感冒了。"她说，"没有什么关系的。家宁，你最近还好吗?"

"我辞职了。"我说，"已经有段时间了。"

"你还是辞职了，感觉你不会好好做下去。你不太适合，可是，一个人待着，会很孤单。"

"不怕，孤单了，我可以来做你的兼职教师，教小孩子们写作文。"

蔷薇笑："我在上网呢!"

我看到桌子上开着的笔记本。

"找到你要找的人了吗?"我笑着问她，这个一心喜欢恋爱的女子。

"不告诉你。"她说,"你不喜欢网络的。"

我不喜欢,可是我已经被它捆绑。一次就捆绑住了。

"那就是有了。"我拉着她坐在电脑前,"告诉我,是个什么样的男人,才可以打动最最美丽的蔷薇。这样的男人,还会有吗?"

笑的时候,无端地,想起沈家明来。

忽然发现沈家明和蔷薇,是很像的两个人。一种说不出的相像,在我第一次看到沈家明的手指的时候,我忽视了,忽视了我见过另一双手。它是阴柔的、绵软的,纤细修长,白得近乎透明。而沈家明,他有着几乎完全相同的另一双手,所不同的,只是那是一双男人的手,坚实有力。可是真的非常相像。

沈家明,除了沈家明,谁还可以是和蔷薇相匹配的男人呢?

"家宁,你在发呆。"她盯着我,用散发着淡淡婴儿蓝的眼睛。

"想起一个人。"我说,"他有和你一样的手。"

"男人的手?"

"是啊,男人的手。"我说,"你还没有告诉我他是谁?你们见过吗?"

蔷薇摇头:"不,没有见,可能不会见了。因为不是为了见面,因为他很快要离开。你知道的家宁,我只是想有恋爱的感觉,有时候我的心会孤单一下。因为喜欢爱情。可是,我爱我的女儿。"

这个穿"渔"的女子,那个肩上有蝴蝶文身的女子,还有我。

是沈家明,我突然想,我不相信还会有别的人。

"那种感觉,好吗?是,爱情吗?"我喃喃问她。

"我想，是吧。家宁，给你看他的信好吗？我知道他是我在心里喜欢的那种男人，从小就想喜欢的。可是我什么都不能做，即使他不走。"

"为什么要走呢？"看着蔷薇开始打开她的信箱。

"因为是过客，一定要走的。昨天想着他会走，想着他会坐着飞机飞离这个城市，忽然想哭。很久都没有那种感觉了。刚刚写信给他，求他不要坐飞机走，害怕仰起头来哭。可是他说，只能是飞机啊，这样，会走得快一些。"蔷薇把信箱打开，"真的是喜欢他，那种说不出的喜欢，这辈子，都不会见了。可是我知道，这个冬天，我们的心灵，是如此的靠近过。没有人知道，没有人可以说，家宁，恋爱的感觉也是寂寞，因为不被分享。还好，你终于来了。我真的想让你知道，我终于爱过了。爱过了，有一点点疼，可是很好。"

被动地，我的眼睛被动地看向小小的电脑屏幕。

我看到了熟悉的"阳光沙滩"，沈家明信箱的名字。还有蔷薇的新信箱"WINTERBABY"。

原来是她，她是沈家明这个冬天的宝贝。

5

我已经知道是他。也只能是他。

这个冬天，我再也无法再也无力想像了。我还可以想象什么吗？

从来没有一次，沈家明叫过我宝贝。即使在我们疯狂做爱的时候，他始终如此清醒，他只叫我的名字，后来只叫我"猫。"

终于知道他不是在爱着的，真的不是。所以他一直不肯说。

一直心存侥幸地在想，也许那封信，只是一个玩笑。可是终于知道了，知道了不是爱，知道了，我真的不是他爱的那种女子，所以他用了喜欢，所以用了疼。他没有骗我。他爱的是穿"渔"的女子——蔷薇。

他只是疼我。这是不一样的，是没有办法改变的。他的爱也是不一样的，开始、继续和完成，是城市里已经开始淡漠的疼痛，无人能解释。

沈家明。

我仰起头来看着蔷薇，她因为爱情而美丽，而寂寞，而羞涩和天真，带着一点的疼痛。她说："家宁我害怕我真的会哭，他走的时候，我会不会呢？"

"别害怕，想哭就哭好了，恋爱的时候我们总会哭的。"

"其实你信不信呢？我从来没有好好恋爱过，我的生活太平稳太安全，我没有机会感受那种心里一动一动的爱情。有时候我为此觉得委屈，在我最美丽的时候，没有好好恋爱过，没有哭过，也没有疼过。我不甘心。"她说。她忘记她已经说过了，爱情中的女子，很容易找不到方向的。美丽的蔷薇亦不例外。

"现在好了。"我说，"爱了，也会哭的，会疼一疼。对不对？"

她很用力地点点头："老公也一直叫我宝贝，可是，那种感觉是不一样的，真的不一样，每次在信里看到他这样说，心会动，不停地动。"

宝贝啊宝贝。

我的心也不停在动，我不知道疼不疼。

"好好爱着吧，蔷薇。"我说，"趁着他还在。走了也没有关系的，因为爱情，不害怕距离也不害怕时间。"

"我知道。"蔷薇看着我，"就像我们不用见面一样，可是我知道，一直都在的。"

"是的，一直都在。"

6

离开蔷薇走出来，走到有冷风吹过的街中。我弯了弯身体，然后站直，将衣领竖了起来。一定是这样的，一个故事不可能单一进行，而任何一件事情，也不可能没有结局，即使只是一封路过的信。我知道不可能，可是过程，依然出乎了我的承受范围。

我怨沈家明什么呢？我可以怨恨什么？

回到住处，打开电脑写下上面这段话的时候，眼泪开始纵横而下。

而这个忽然穿插而过的情节，最后的情节，我想，我同样不会让他看到的。好像那封已经被彻底删除的信，他永远都不会知道了。

而他终于要走了。离开这个城市，离开他疼过的猫和他爱的女子，离开我的身体她的心。

第二十九章

謝謝你，从没有一句谎言，只用你真实的身体和不真实的心，温暖了我那么久

一月十五日。晴。

午后，我站在这个城市南端体育场空旷的看台上，缓缓仰起头来看向天空。

很好的阳光，明媚而不逼仄，有种温柔的亮丽。

几年以前，偶尔的夜晚，我和眉然曾经在深夜的时候，沿着看台下的塑胶跑道缓缓奔跑。也会坐下来，看一看闪着彩色尾灯的飞机，无声地飞过城市的夜空。

这是冬天最后的日子了，整个体育场是空旷的，它的空旷像一颗凋零了叶子的白桦树。

而挺拔的树身和空洞的枝干依然是我喜欢的。

有风吹过来，却再也扬不起谁的风衣的衣角，它只拂动起我凌乱的发丝。有一丝落在唇边，孤单而干净温柔地滑过我略略湿润的嘴唇。

我知道冬天真的要过去了，我已经能够在吹拂而来的风中，感觉到春天那种温暖潮湿的气息。它不动声色地抚摩过我的身体。

一架银色的客机终于缓缓飞过了城市上空，美丽而洁净的机身轻轻上扬着，朝着西北的方向，朝着更高的天空。

它穿过午后阳光的瞬间，一片清脆的亮光刺进了我的眼

睛。

不由自主地，我微微低了低头。然后再次仰起来，看着银色的飞机飞离了城市。

没有人知道，它带离了一个完整的冬天，我深深热爱着的情人，带离我此生无论将再度经历怎样的情感都不会忘记的一个男人。

已经到了尽头和极限。我的感情，在这个冬天。

我也将离开这个城市了，而且，同样不会再回来。我将一路朝南而去，一路，朝着没有冬天的地方，做最后的停留。我没有办法，从此以后，我已经没有力量，来抵挡生命中的冬天。可是我不害怕，我已经学会躲避。

沈家明走之前，我们见了最后一面，他将我的毛毯带了过来。是我一定要他送回的。那是我们共同拥有过的唯一的东西。我想以后，带着它一同上路。

没有做爱，元旦过后我们再也没有做爱。

走的时候，也没有说再见，没有亲吻，没有拥抱，没有哭。我笑了笑，看着他的背影说："沈家明，你爱过我吗？"

他没有回头："猫，你真的很固执，一定要问。"

"是啊，一定要问。谁都问过了，不问不甘心。"

"那么我告诉你，爱不爱，我不知道，我只知道，比爱更疼，比爱更暖。"

"那么，谢谢你，沈家明，谢谢你从没有一句谎言，却用你真实的身体和不真实的心，温暖了我那么久。"

沈家明的肩似乎在微微地耸动。

沈家明没有回头。

沈家明走了。

那天离他真正离开这个城市，还有两天的时间。我告诉他，我要先走，我喜欢走得早一些，而不是等到所有人走了以后，才开始动身。我要让一个城市的人先目送我离开，这样的感觉很安全。我说等他离开的时候，我已待在家人的身边，等候春节的到来。

我说这些话的时候，他一直微笑着抚摩我的额头。

这是我最后一次骗他了，我的故事还没有最后完结，我走不开。

可是有什么关系呢？这一次，他不会知道了。

我微笑着用手指在空气中画下他的名字，想起他说的最后一句话："比爱更疼，比爱更暖。"想起和他做爱的情形，那种温暖。想起他忽然地这样唤我："猫。"

微笑着，眼泪缓缓流下来。

我知道在离我不远的地方，还有另外一个女子，同样这样仰起头来，看着飞机划过天空。轻轻哭泣。她看不到我，可是我能够，看得到她。

她是沈家明爱着的女子中的一个，而我，只是他疼过的猫。

没有别的什么人，可以知道这之间的分别。这之间，其实也无太大分别，爱是疼的，做爱是暖的，而我和他，身体和心的纠葛，比爱更疼，比做爱更暖。

我说："亲爱的沈家明，猫和你再见。"

女人香书集

倾情讲述都市女性情感历程

《比爱更疼 比爱更暖》

作者:宁子
南海出版公司
2005 年 10 月出版
定价:26.00 元

内容简介

　　李家宁,一个生活在都市中的年轻女性。她不经常上网,却在网络上认识了一个令她深爱不已的男人——沈家明;她爱过一个已婚的男人,那个男人却在她最需要他的时候消失了;她爱过不羁的许可,可是除了身体上受到的伤害,她没有再得到别的;她还深爱过一个叫翅膀的男人,可是这个男人的常年外出行走却令她丝毫没有安全感。与沈家明的相遇,她以为只是为了躲避寒冷的冬天。当沈家明要离开这座城市的日子渐渐临近的时候,她发觉了自己对他的爱,可是一切都已经来得太晚了。时过境迁,她发觉她和沈家明之间的感觉不只是爱,它比爱更疼,比爱更暖……

《爱是一碗寂寞的汤》

作者:白夜

南海出版公司

2005 年 10 月出版

定价:26.00 元

内容简介:

童欢最爱煲汤,习惯从滚烫的汤头里汲取温暖,习惯流浪在那些坐怀不乱的男人中间挑衅他们忠贞的爱情。

安晓竺是唯一能从童欢的汤头里读懂疼痛的人,而现在她有了自己的爱人项东,甚至难有时间浅尝童欢的汤……

失去会比占有更孤单吗?童欢无法开口挽留安晓竺,也无法阻止不再甘做她的"影子"的项南去追求安晓竺。就连项东也再不能心安理得地与安晓竺彼此依偎,因为十多年前的"秘密"摧毁了项南的童年。如果安晓竺这剂爱情灵药只能救赎一个人,他该退让吗?

爱情啊,让故事里的每个人都眩晕着,可手上青春还剩多少?是否足够抓住幸福的尾巴,不再眩晕……

《爱琴海火焰》

作者:罗红玫

南海出版公司

2005 年 10 月出版

定价:24.00 元

内容简介:

在面对男友、昔日好友、未婚夫的多重背叛下,施彦涵选择了多次的逃避,她变得小心翼翼,丧失自信。在施彦涵心灰意冷时,对施彦涵心仪已久的杨维飞终于找到了爱施彦涵的机会,他帮助施彦涵找回了自信与爱情,却为这份姗姗来迟的爱情献出了年轻的生命……

图书在版编目（CIP）数据

比爱更疼，比爱更暖/宁子著. —海口：南海出版公司，
2005.10
　（女人香书系）
　ISBN 7-5442-3203-4

　Ⅰ.比… Ⅱ.宁… Ⅲ.长篇小说—中国—当代
Ⅳ.I247.5

中国版本图书馆 CIP 数据核字（2005）第 096821 号

BI AI GENG TENG BI AI GENG NUAN
比爱更疼　　比爱更暖

著　　者	宁　子
责任编辑	张筱茶
特约编辑	刘婷婷
装帧设计	⊠+⊠工作室
出版发行	南海出版公司　电话：（0898）65350227
社　　址	海口市蓝天路友利园大厦 B 座 3 楼　邮编：570203
电子信箱	nhcbgs@0898.net
经　　销	新华书店
排　　版	北京百通图文公司
印　　刷	北京通州京华印刷制版厂
开　　本	635×960　1/16
印　　张	17
字　　数	198 千
版　　次	2005 年 10 月第 1 版　2005 年 10 月第 1 次印刷
印　　数	1～8000 册
书　　号	ISBN 7 – 5442 – 3203 – 4
定　　价	26.00 元